U0622683

S

细

LUVIA FINA

Luis Landero

雨

[西班牙] **路易斯·兰德罗** 著

欧阳石晓 译

作家出版社

（京权）图字：01-2021-1565

图书在版编目（CIP）数据

细雨 /（西）路易斯·兰德罗著；欧阳石晓译 . -- 北京：作家出版社，2021.8

ISBN 978 – 7 – 5212 – 1386 – 7

Ⅰ.①细… Ⅱ.①路… ②欧… Ⅲ.①长篇小说 – 西班牙 – 现代 Ⅳ.①I551.45

中国版本图书馆 CIP 数据核字（2021）第 062469 号

LLUVIA FINA by Luis Landero

© Luis Landero，2019

Published by agreement with Tusquets Editores，Barcelona，Spain

Simplified Chinese edition copyright：

2021 THE WRITERS PUBLISHING HOUSE

All rights reserved.

细雨

作　　者：（西）路易斯·兰德罗
译　　者：欧阳石晓
责任编辑：赵　超　赵文文
装帧设计：卿　松
出版发行：作家出版社有限公司
社　　址：北京农展馆南里 10 号　　　邮　编：100125
电话传真：86 – 10 – 65067186（发行中心及邮购部）
　　　　　86 – 10 – 65004079（总编室）
E – mail: zuojia@zuojia. net. cn
http: // www. zuojiachubanshe. com
印　　刷：北京盛通印刷股份有限公司
成品尺寸：130 × 185
字　　数：130 千
印　　张：7
版　　次：2021 年 8 月第 1 版
印　　次：2021 年 8 月第 1 次印刷
ISBN　978 – 7 – 5212 – 1386 – 7
定　　价：48.00 元

作家版图书，版权所有，侵权必究。

作家版图书，印装错误可随时退换。

给亚历杭德罗，

我最亲爱的儿子，我勇敢的哲学家。

永远在我心中。

1

　　如今她已十分确定，故事并不单纯，并非完全单纯。或许日常对话也不单纯，不经意说出口、说错的话，以及没有目的的话语。或许就连在梦里说的话也并非完全单纯。话语中有某个东西，本身就包含着某种风险和威胁，话语并非像人们所说的那样，很容易就随风飘走。不是那样的。说出的话语——甚至连最不起眼的话语——中的某些回声会在接下来的许多年处于冬眠的状态，在回忆的某个墙角微弱地跳动，等待着再次回到当下的机会，从而强调并纠正当时未能清楚表达的意思，在通常情况下，它会远远超越其最初的说服力和影响力。它们就在那里，睁眼就能看见，穿着奇装异服，播着异域乐曲，以前所未有的模样，带着新消息前来——令人惊骇的特大新闻，关乎一个也许从未存在过的过去。从回忆的黑暗氛围中返回的故事和话语，从来，从来，都伴随着战歌而来，满载着伤害和侮辱，迫切地想要恢复名誉，并引起纠纷。在遗忘的漫长流亡中，它们仿佛在虚构的世界里不断深入，在腹脏内翻搅，像莫洛博士①对待兽人那样，直到完成彻底且完美的变形。昨天的言语和故事就是那样，带着模样古怪但却同时让人无法抗拒的阴郁的诣媚，来到我们身边，将其新含义和新论点的专横——美味的专横——强行置入我们的意识之中。唉！而且还没算上我们在谈话时的表情，以及言语的戏剧维度，它们有时候比言语本身更具说服力，并且在回忆里幸存下来，以至于我们常常无法确定我们记得的究竟是那些话语，还是话语说出时的场景，演出中的姿态、笑容、眼神、手势、肩膀、停顿、沉默与身体的密谈。

穿过奥萝拉的大脑并让她感到不安的是一些黑暗的推测，为她的面孔蒙上一层疲惫的乌云。她长时间地（几乎整整一生）聆听故事、秘密和话语——总是用愤怒且痛苦的语调低声讲述的话语。故事通常来自久远的过去，发生在很早很早以前，几乎都成了传奇，但它们就算没能超越过去，也像从前一样苗壮，一样鲜活。奥萝拉身上到底有什么东西，能够立即唤醒人们的信任，让人们产生对她倾诉的欲望，讲述他们的生平片段，袒露他们从未向任何人提起过（但却会告诉她）的秘

---

① 莫洛博士是英国小说家赫伯特·乔治·威尔斯在1896年发表的科幻小说《莫洛博士岛》里的主角，身为外科医生的他在荒岛上改造各种动物，让他们变成兽人。（本书所有注释均为译者注）

密？所有人都对她倾诉，所有人都爱她，所有人都感激她的善解人意，她的温柔亲切，她的聆听所带来的慰藉。

或许她有某种天资，近乎奇迹般的天资，让瞧见她的人都会情不自禁地冲她微笑，走到她身边问起随便什么细枝末节，她叫什么名字，是什么星座，最喜欢什么花，通过那样的方式，所有人在后来都会跟她讲起自己的小喜悦，自己的成就，自己的过失，并最终讲到自己的不幸。

"我就是那样认识加夫列尔的。"她心想。那已经是将近二十年前的事了。他们俩在一条熙熙攘攘的街道上路过时匆匆看了彼此一眼，加夫列尔带着一股突然产生的奇怪感停下脚步，避开人群向她靠近，眼睛眯成一条缝，仿佛在辨识某个模糊的东西一般。他问他们是否认识，她做出否定的回答，他却固执地认为他们曾经见过，摆出一副努力回忆的模样，他们一定在某个地方见过，也许在上辈子，或是梦里。路人快速地在他们之间穿行，接下来就是那套老伎俩：让我想想你叫什么名字，你头发上的发带儿真可爱，你是哪里人，做什么工作，我们真的从没见过吗？当天下午他们一起前往某间咖啡馆，加夫列尔负责讲话，滔滔不绝地跟她讲述关于他的事，他的爱好、他的癖好、他未来的计划，接着又跟她详细描述了他的生活。而她则一直聆听，一丝疲惫的迹象也没有，露出高兴或伤心的神情，永远都那般地聚精会神，那般地沉浸于言语和停顿之中，那般及时地表现出惊讶，那般地温顺，那般地亲切。"我从没，从来没认识过这么一个人……怎么说呢，像你这么特别、这么招人爱、这么甜蜜的一个人。"加夫列尔在最后这样说道，用来总结谈话，庆祝他们的相识，而这番话也预示着一道爱的宣言。

随后，他陪她回家，由于她是那般地让人信赖，他在路上跟她谈论起幸福，他最喜欢的话题。因为他那个哲学老师也不是白当的，从很小的时候起（当他还是个孩子时）他就阅读了许多与此相关的书籍，并进行了很多思考，非常了解人类在每个年代、每个社会中为了得到或多或少的幸福而选择的道路。"真有意思。"奥萝拉说。于是加夫列尔受到鼓舞，说他认为幸福是通过学习获得的，那是我们在童年需要学习的第一项技能，正如我们也需要学习跟命运带给我们的灾难共处，每个人的第一堂课都是学习减轻灵魂的重量，让它可以漂浮在生活之上——说到这里时他的手指在空中弯曲，好似在模仿水的流动——不让现实的棱角刺伤我们，不允许任何事物将我们推进挫折的淤泥，无论是困境或财富、岁月沉闷的流逝、对不可能的致命的渴望、宿命论、及时行乐的警报，还是对死亡的恐惧——他每走几步就会停下来，回味刚说出的那番话，并观察她如何用关注的神情将那些话语润饰得更美——而是恰恰相反……但在那一刻，他停止了演说，因为这么复杂的主题不是几句话就能说清楚的，或许也是因为假如她愿意，将来会有机会——说到这里时，他不好意思地脸红了——慢慢谈论这些话题。由于奥萝拉表示同意，他们又约定在好几个下午见了面，于是就那样，一点儿一点儿地，他提议带领她走上幸福的道路。她接受了，温驯地跟随着他，两个人像走进一座魔法森林似的走进了未来，那里潜伏着数不尽的危险。他走在前面，握着她的手，防止她受到任何威胁，仿佛她是个手无寸铁的小女孩，珍贵又脆弱，需要十分小心地引领她。于是就那样，一步步地，他们已经在那条道路上前行了二十年，但却从未抵达过任何地方，越来越游离，越来越怀疑，永远迷失在了幸福的北方。而人们却说故事都是单纯的，话语很容易就随风飘走。

那种天赋她从小就拥有。所有需要倾诉的人，都会前来向她吐露心声。也许是因为她温和的模样，带着些许忧郁，以及她微笑和注视的方式。"你的微笑是多么悲哀，又是多么漂亮啊""你的表情太温和了""看着你真叫人高兴""你的眼睛闪闪发光"，人们曾许多次这样对她说。"太多，太多次。"她心想，于是，她微微颤了一下身子，叹了口气，再次回到现实。夜幕开始降临，孩子们已经离开一阵子了。他们整齐地走出校门，继而尖叫着一哄而散，背着书包，穿着嘉年华的服装，戴着面具。他们从教室外面通过窗户跟她说再见，冲她做鬼脸，开玩笑，她一直听见他们的吵闹声，直到那声音变成远方的一道海市蜃楼。此刻，已经过了好一会儿，她依然待在那里，不太明白其中的原因。"奥莉①，你不走吗?"一位女同事从半

① 奥莉为奥萝拉的昵称。

5

敞开的门口探了探头，问道。她回答说走，等一会儿就走，她想先把一部分作业批改完。但她到现在还没走，也没有批改任何作业。她理了理桌子和椅子，把绘画收起来，从中挑选出几张，把它们钉在装饰墙壁的软木板上。空气里有一股香草、彩泥、橡皮擦、小便和记号笔墨水的味道。接着，她突然间再次一动不动，目光迷失在西斜的暮光中，仿佛沉浸在某个念头里，那念头在她的脑袋里飞来飞去，怎么也捉不住。

她刚才在思考的那个如此重要但此刻却突然忘记了的念头是什么来着？哎，对！她记起来了。全世界向她讲述的故事，对。事实上，她从来都不介意聆听他人的讲述，任他们把所有的故事一并道出，让他们同逐渐将其内心腐蚀的久远的回忆和解，因为在过去无法弥补的痛苦面前，没有比把它们不紧不慢地讲述给一位包容甚至富有同情心的听众更好的灵药了——能将我们从岁月留下的罪过、错误和众多痛苦中解脱出来的叙述究竟有什么样的魔力？！从来都是那样，奥萝拉从来都毫不犹豫地欣然接受，但最近却发生了些奇怪的事，因为在她聆听时，在她担任习以为常的情感知己的角色时，有时候她会突然意识到自己的意识——就像现在一样——已经跑到别的地方去了，并非固定在某个想法上，而是在真空里弥散开来，抵达她的那些言语有时会变成一门外语，变成一阵噼啪声、警笛声、口哨声、结巴声，变成断断续续的话语，仿佛从很远的地方传来的广播电台的干扰信号。于是她感到有些沮丧，感受到源自她意识深处的厌倦、分歧以及沉闷的愤怒，时不时地让她感到难以遏制。"我会疯掉吗？"她心想。

最近一段时间，所有人仿佛约好了似的，比通常更频繁地向她诉苦。他们给她打电话、发短信，或是寄信到家里和学校，当她走在街上的时候，当她批改试卷的时候，当她阅读小说或看电影的时候，当她辅导阿莉西亚写作业的时候，当她在经历了疲惫的一天后准备睡觉的时候。每一天，每一个钟头。而那还不包括加夫列尔，为他妈妈举办八十岁生日聚会是他在她面前唯一的话题。像每个人一样，他除了讲述自己的想法，还会跟她描述其他人的看法，于是乎，每一则故事的每一个版本都最终在奥萝拉这里汇合。事实上，她是故事唯一且绝对的主人，是那个了解一切的人，情节和反情节，因为故事涉及的每个人都只信任她，只对她倾诉，把所有的细节都毫不犹豫且丝毫不感到羞愧地告诉她，最初看起来普普通通甚至有些欢乐的故事最后却会走向崩溃甚至是灾难——跟她从一开始就预感到的一样。

而此刻，她在人生中第一次感到自己也有了一则可以讲述的故事，她十分乐意向他人倾诉，但却找不到任何人。兴许她也不知道该如何讲述，因为她缺乏把回忆聚焦在某一点的力量，很快就会断了头绪，故事的片段在脑海中瓦解，混淆在一起，仿佛被某人在游戏进行到一半时重新洗了牌。但她却清晰记得所有一切开始的那一刻。那是上个星期五，不过是六天前，加夫列尔突然想到妈妈的生日是举行聚会的独一无二的好机会，这样家里人，全家人，就能在分散了这么久以后再次聚在一起，顺便一笔清算那些久远且琐碎的债务以及所有的冒犯侮辱——它们被每个人储藏（更准确地说是珍藏）在内心深处，导致他们甚至在搬离母亲家之前就日益疏远，几乎成为敌人。奥萝拉心想，这个想法将和他的所有想法一样，来势汹汹但却转瞬即逝，短促且无用的细菌早已在最初的强烈冲动下跃入了真空。

"生日会就在家里举行，"他说，"我将负责一切，当然，也包括食物。"于是，他兴致勃勃地着手准备聚会，那种热忱是奥萝拉很久都没在他身上见到过的，让她痛心地感到有些熟悉。

在那几天里，他翻来覆去地琢磨着菜单，跟她描述和讨论，去掉一道菜，又新增另一道菜，重现他在某个欢愉时期培养起来的对美食的热爱，因为他想要用新口味来让所有人惊讶，呈现他们从未品尝过的美味，这样从一开始就营造出一种前所未有的氛围，从而鼓励他们也以新的态度和情绪来开启全新的对话。

"要有些独特，但同时又保持传统。"他解释道，精美且新颖的食物，但也能让进餐者追忆起共同的过去，在那里认出对方，博得彼此的好感。他提到鸭胗、鮟鱇鱼肝、刺海胆、海藻和牡蛎、葡萄塞鹅肝、茴香泡、南瓜花瓣、鳕鱼杂碎、竹笋和甘薯片、正宗神户牛肉以及一百种酱汁和甜点，奥萝拉在聆听他的同时既对他心生怜悯，又感到愤怒，甚至产生了哭泣的冲动，但她闭上眼睛，深呼吸，将耐心汇集在一起，最终做出一个介于垂涎与强忍兴奋之间的表情，甚至还带着些许崇拜。

于是，他受到那一瞬间热切的鼓舞，说道：

"我去给索尼娅打电话。"

奥萝拉试图劝阻他：

"明天再打吧。急什么呢？还是说你忘记了冲动是恶魔吗？"

"胡扯什么呢！在你那儿什么都是冲动。庆祝生日这么简单的事会有什么玄秘吗？我现在就打给她。然后再打给其他人。安德烈娅、妈妈、奥拉西奥、侄女们以及所有的人。"

他站在她跟前，一边说着，一边张开双臂，仿佛为他所说的话是多么明显而感到惊讶。

"先别打，"奥萝拉说，"至少等阿莉西亚睡了再打。"

因为她是唯一一个了解每个人的秘密的人，她知道年代久远的小怨恨，即使再久远，即使再不起眼，也依然潜伏在回忆里，窥伺着，等待着回到当下的时机，容姿焕发且更加壮大，炭火依旧留有余温，任何一阵微风都能令其死灰复燃，又或是像那些构思看起来单纯有趣的故事，其实早已埋下了灾难性结局的种子。她也知道，或者说凭直觉明白，那些怨恨和侮辱之所以一直沉睡到现在，是因为他们之间几乎没有来往，只偶尔在生日和复活节打个电话，或互通一番近况。这样也好，奥萝拉心想，这样风儿就不会激起炭火的暴怒，故事就不会重新开启并急剧且盲目地滑向终点。而他们却彼此相爱，至少他们口头上是那么说的，但他们并不怎么直接告诉对方，而是通过一个中间人——那个中间人永远都是奥萝拉。"我很爱很爱加夫列尔"，安德烈娅对她说；"尽管她不相信，但我一直都狂热地爱着妈妈"，索尼娅对她坦白道；"事实上，在我内心深处，我最爱的女儿一直都是安德烈娅"，做母亲的告诉她；"我依然像第一天见到她时那样爱着索尼娅"，奥拉西奥对她推心置腹。是啊，他们彼此相爱是件好事，奥萝拉心想，但他们却是带着距离感并且在沉默中相爱，因为一旦触碰到那份爱的核心，他们就会开始阴阳怪气地对话，彼此嘲讽、责备、指控、恶言相对，过去的一切都会从记忆里跑出来，音量逐渐增强，没人知道何时会终止，有无尽头。正因如此，她才几乎恳求般地再次对他说道：

"不，我求求你了，先别打。我们看会儿电视，待会儿再打，早点儿打和晚点儿打又有什么关系呢？"

然而加夫列尔已经拨通了电话，他把听筒放在耳畔，甚至为了能够舒服自在地聊天，他已经蜷进了沙发里。

"我大概是会一点儿巫术吧"，她心想，在教室中央静止不动，仿佛试图记起某件要做的事但它却突然被记忆抹去了。

2

　　如果她没记错，他们的父母是在 1966 年结的婚。父母名叫加夫列尔和索尼娅。有一张婚礼的照片：父亲身材矮小，秃头，笑容可掬；母亲身子挺得直直的，下巴结实，嘴唇在钢铁般的意志力的作用下紧咬着，目光有些多疑。大女儿在 1968 年出生，取名为索尼娅。二女儿在 1970 年出生，为了纪念外祖母而叫作安德烈娅，儿子在 1973 年出生，名叫加夫列尔。那是安德烈娅受到的第一道羞辱：原罪。因为她本应该继承加夫列拉①这个名字的，她多么希望自己能叫这个名字，像她父亲一样，也像她杰出的先辈"伟大的彭塔波林"（海上王子，音乐家，会多种语言，乔装的魔术师，流浪的梦想家，以世界为家）一样，叫作加夫列拉，而并非沿用外祖母的名字——家人

---

① Gabriela（加夫列拉）是对应 Gabriel（加夫列尔）的女名。

对外祖母一无所知，因为她的一生没有留下任何印迹，哪怕是一张照片，或是一则逸事，一件遗物，什么也没有，只有一个遇难后漂浮在遗忘海洋中的名字。但母亲把加夫列尔这个名字留给了儿子，饱受宠爱、极其幸运、举世无双的天选之子，他笑着出生，此生唯一的目的即幸福生活，安德烈娅不记得曾见过他哭泣，因为他从未拥有过任何哭泣的理由。不可能——她甚至无法想象他哭泣的场景。"奥莉，不好意思跟你这么坦诚，但你了解我，知道我是不会撒谎的。更不要说对你撒谎了。况且我太爱太爱加夫列尔了，我为他是如此幸福而感到由衷地高兴。"

然而，安德烈娅却流了很多泪。事实上，她从两岁（又或许是三岁）就开始正儿八经地哭泣：在被母亲抛弃的那天。母亲收拾好行李，提着行李箱离开了家，她像棍子般僵硬，嘴唇紧闭，发髻牢实，迈着强有力的步伐，猛地摔门而去，留下她孤零零一个人，只有两三岁，从那时起她就再也没缺乏过哭泣的理由。索尼娅也过得不快乐，也流了很多泪，但在安德烈娅看来，她的运气很好，更准确地说，是非常非常地好，因为她可以跟奥拉西奥结婚，一辈子独享奥拉西奥。就安德烈娅看来，那也是母亲的错。因为她认为奥拉西奥私底下爱的人是她，是安德烈娅，他们本可以一起幸福地生活，但母亲却决定跟奥拉西奥结婚的人应该是索尼娅，而不是她。于是，母亲就以那种方式同时摧毁了三个人的幸福，因为奥拉西奥和索尼娅在结婚后三年就分开了,而她,安德烈娅,以及奥拉西奥,他们俩却永远成了爱的孤儿。

也就是说,安德烈娅和索尼娅几乎没有体会过快乐是什么。母亲就更别提了。她生性本就有些阴郁,不仅如此,她还常说——不厌其烦地频繁重复——快乐会带来厄运,因为不幸总是潜伏在快乐的身后。"哭泣会被上帝听见,而笑声则会被魔鬼听见",她常常说道,有时会毫无缘故地说起,那是一则她自创自用的谚语,灵感应该是来自她的亲身经历。当父亲还在世的时候,家里的确有笑和欢乐,但在父亲于1980年去世后,悲伤来到了家里,并就此住下来,陪伴着剩下的人。那一点即那条如此古老且屡试不爽的定律的一个佐证,它的正确性不需要更多的论据:父亲是快乐鲜活的化身,在快乐之后,受到欢笑声的吸引和带领,不幸的确势不可挡地到来了。就索尼娅和安德烈娅看来,母亲也从未体会过爱。母亲跟父亲结了婚,但她也完全可以跟另一个人、跟任何一个人结婚,因为那是她作为女人的命:跟一个男人结婚,无所谓跟哪一个。然而,加夫列尔却说那个推测毫无依据,跟索尼娅和安德烈娅密谋的其他许多推测一样,都是为了报复妈妈,并以此来为她们自身怨恨的伤口止血。

但实际情况却是,不管有没有爱,他们都结了婚。"世界上有那么多女人,他却唯独要和妈妈结婚",安德烈娅常常这样说道,索尼娅也表示赞同。大约是在1975年还是1976年,两个人合力攒够了（因为母亲也作为护理师和脚病大夫外出工作）一套公寓的首付，搬到了拉丁区[①]，他们将在那里一直住到家庭的最终解体，而母亲如今依然住在那里，没有快乐，没有爱，独自沉浸在那项盲目的工艺里：尊严地面对生活残酷的判决。

那套公寓的地下室有个储物间，他们在储物间发现了一幅被遗弃的油画，画很大，镶着宽大的金框。母亲立即想要把它卖掉，至少可以把画框卖掉，但父亲却不同意，他认为那是命运送给他们的礼物，无论如何也不能拒绝，并决定把它挂在客厅最显眼的位置。那是一位几近年迈的男人光辉威严的画像，身为军人的他英姿飒爽，穿着拿破仑时代精美的制服：金银丝绣、缎带、流苏、肩章、胸口别满了勋章，以及其他许多军事装饰，一只手上的帽子竖着羽冠，另一只手握着剑柄。他理想化的目光迷失在史诗、迷失在浪漫主义的远景之中。

他把三个孩子叫到一起（他们的个子小到可以被装在一个顶针下面），对他们说（当时五六岁的安德烈娅记得非常清楚）："他是你们的曾祖父，名叫加夫列尔，跟我一样，也跟小加夫列尔一样，但被载入史册的是他不朽的别名'伟大的彭塔波林'。"而他们，孩子们，不仅相信了父亲说的话，并且深深为祖辈感到自豪，这种自豪感在父亲向他们讲述那个举世无

① La Latina，马德里的一个街区，亦是马德里历史上最古老的街区之一。

双的男人不可思议的冒险时（其中一些非常英勇，另一些则带着喜剧色彩）变得更加强烈。身为农业机械代理商的父亲每次出差回来都会给他们讲述新故事。因为他最大的爱好就是编故事，无须费力，故事自然就会在他的脑海里形成，有时候他自己是故事的主人公，出现在瓜达拉哈拉、昆卡、雷阿尔城的短途旅行中，更多的时候——也是更精彩的部分——故事的主人公是"伟大的彭塔波林"，又或者是"伟大的阿卡迪""伟大的费里奥尔斯""伟大的多诺万""伟大的富尔卡斯"，甚至是"伟大的库林奇"，以及其他许多名字，英雄根据生活顺风或逆风而选用不同的名字。而且，跟名字一样，那个男人身上也汇集了上千种命运。那个自由的灵魂不受任何限制。世界的迷宫是他天然的家园。某一天他是北方海洋的海军上将，第二天又是南方的海盗，接着他变成了非洲的探险家、科学家和猎人，后来又成为印度的流浪音乐家或芝加哥的黑帮，他可以富甲天下，也可以瞬间变得一贫如洗，这一切都取决于叙述者在编造每一则故事时的灵感。他在亚马孙丛林发现的一种鱼被称作富尔卡斯鱼，还有一种叫作阿卡迪的鸟，一个名为费里奥尔斯的岛屿，还有火山、绿洲、植物、繁星，它们一一从父亲的嘴里冒出来，仿佛从魔术师取之不尽的帽子里涌现出来似的。

这一切安德烈娅都记得非常清楚，索尼娅和加夫列尔却差不多全都忘了。但三个人都认同这一点：父亲拥有精湛的演技。因为那位先辈不仅拥有多个名字，同时也会根据冒险的性质或所处的危险而采用不同的身份，在每一个场景中，他乔装打扮得如此逼真，以至于连他的同伙也无法把他认出来。他可以装扮成中国来的大使、英国勋爵、大阿拉伯的苏丹、吉卜赛族长、盲人或驼背、年迈的乞丐，甚至是出身尊贵的妇人。跟先辈一样，父亲也拥有惊人的天赋，能够拿起手边的任何物品来乔装打扮、演绎故事。如果冒险中涉及歌舞，他会像专业人士那样载歌载舞；如果出现了某种乐器，他会完美地模仿演奏，同样也会模仿风声、海浪声、暴风雨声、炮声和动物的叫声，他会给每个人物赋予其特有的、难以模仿的口音，能够惟妙惟肖地模拟故事里出现的许多种语言，孩子们在很长时间里都以为他真的会讲那么多门语言。"我对语言和旅行的热爱就是从那时候开始的"，索尼娅说道。安德烈娅说："因为爸爸和'伟大的彭塔波林'，我决定从事音乐，因为他小提琴、吉他和手风琴都拉得那么好。"

这个带来了如此多的希望、挫败和痛苦的基础性的情节再一次证明，就算故事再美妙，也永远不可能是单纯的，这个情节他们四个人（加夫列尔、索尼娅、安德烈娅和母亲）都以其自身的方式跟奥萝拉讲过，不止一次，而是许多许多次，每一次都用新的细节以及从遗忘的最后一刻拯救回来的新的记忆来让它变得更加丰盈，因此，奥萝拉最终获得了一种混杂凌乱的印象，掺杂着在回忆里沸腾的各种版本，它们组成一幅幅怪诞、滑稽且荒谬的场景……在父亲投身于叙述、游戏和表演的愉悦之中的同时，母亲提着她小小的护理师和脚病大夫的黑色手提箱出门工作，总是一副挺拔严肃的模样，在阴暗生活的面前皱起嘴唇，对丈夫和孩子们所进行的欢乐的蠢事表现出冷漠，或许还有些疑心。回到家后，她把自己关在厨房里，准备午饭或晚饭，当她铺好桌子叫他们吃饭时，正是在那一刻，所有人都从虚构的迷人中失望地返回到现实的成人世界。"我知道，"索尼娅对奥萝拉说，"爸爸编造出那么些故事都是为了让我们感到快乐，因为他就是那样一个人，一个拥有艺术家灵魂的梦想家，但那却恍若后面即将来临的所有谎言的预告。奥萝莉塔①，我觉得是那些故事导致了我们永远都像孩子一样天真。我们每个人都被囚禁在了童年。"就母亲而言，她只淡淡说起丈夫是个受过教育、勤劳的男人，仿佛在暗示那两项品质足以赦免他的愚蠢和空想。可是无论如何，对索尼娅和安德烈娅而言，与父亲生活的那些年是嬉戏和欢笑的天堂，是自信且快乐生活的天堂。她们俩也认为，假如父亲没有过世，事情会非常不一样，很有可能——几乎可以肯定——每个人都可以做自己想做的事，实现各自的梦想。他们甚至可以成为一个幸福和睦的家庭。

然而父亲去世了，于是家永远变成了一个悲哀的场所。每一天，每一刻，家都被母亲宿命论的灵魂支配着。突然之间，

---

① 奥萝莉塔也是奥萝拉的昵称。

未来变成了一道永不停息的威胁。每时每刻都在朝拜恐惧。对饥饿的恐惧,对战争的恐惧,对疾病的恐惧,对彻底陷入逆境的恐惧,对放纵生活或是对挥霍浪费的恐惧——因为命运总是会对穷人的好运气做出惩罚。怎么可能忘记她那些冗长且悲伤的碎碎念?!"当我住院时""当我们揭不开锅时""当又开始打仗时""当我没了养老金时""你们别抱有任何幻想""你们谁也别相信""有人敲门别随便开门""别人说的话你们一点儿也不要相信"。她偶尔会用一句无可反驳的话来总结她的哲学:"活得越久,受的苦就越多。"而关于父亲:"生活得那么快乐,那么多乔装打扮,那么多载歌载舞,那么多神话故事,那么多童心未泯,那么多把每个琐碎的东西都当宝贝看待,最后又怎么样了呢?最后他把所有的债都一起还了。"

在索尼娅和安德烈娅看来,母亲就是那样地悲观、刻薄且专横。但加夫列尔却不这么看。"妈妈不是那样的人,根本不是。妈妈深深爱着我们每一个人,不偏不倚,她一辈子做的唯一一件事即努力工作,养活我们。"他回忆说,她出生于战争年代,失去了父亲和哥哥,经历了饥饿和恐惧,在童年就学会了人生的训诫。也许正因如此,她才成了一个非常现实、牺牲自我的女人。"并非每个人都是那么和蔼快乐的。索尼娅和安德烈娅的确运气不好,尤其是索尼娅,她的成绩很好,而且几乎是被逼跟奥拉西奥结了婚,她的确是个受害者,而不是像安德烈娅那样,但她们俩对妈妈的看法都不公平。"

奥萝拉在许多年间听过一拨又一拨那些永无止境的家庭故事,她关注且耐心地倾听,对每个人表示支持和赞同,给予他们安慰,试图理解他们,并从中调和,从不忘记她作为谨守秘密的听众的角色。奥萝拉不喜欢做判决,与通过灵魂的透射寻找完整的真相相比,她更满足于那些小真相,它们被表象的洪水一道卷走。但直觉从来都告诉她故事并非是没有恶意的,更不要说当故事交织纠缠在一起的时候,仿佛一场野狗间的争夺,每个人都用牙齿拼抢真相消瘦的骨头。最好什么也别说,别去搅动那摊总是在打旋的属于过去的水。正因如此,她才对加夫列尔说,才对他恳求道:"先别打电话。至少等到明天再说。"但为妈妈举行聚会的念头仿佛让加夫列尔失去了理智,他非但没有听她的话,反而做出让她保持安静的手势,像教授那样清了清嗓子。

3

"聚会?"索尼娅说,"可是妈妈并不喜欢聚会啊。你知道她的想法的。她觉得不幸会在聚会之后到来。"

"但那只不过是生日聚在一起吃顿饭罢了。"加夫列尔说道。

"是啊。但那顿饭我们所有人都会参加,对吧?"

"是的,当然了,那就是目的所在呀,在过了这么久之后让我们所有人再次聚在一起。让妈妈感到快乐。"

"说实话,我无法想象妈妈快乐的模样。"

"好啦,每个人都有表达快乐的方式。"

"假如我们都参加,"索尼娅说,"奥拉西奥也会来,对吧?"

加夫列尔在那一刻沉默了下来,礼貌地清了清嗓子,谨慎地——几近优雅地——避开对话,仿佛侧身给一名残疾人或一群孩子让路。

"我当时正在涂指甲，因为一会儿要和罗伯托去一家韩国餐厅吃晚饭，"她在第二天告诉奥萝拉，"我现在跟罗伯托这么好，而你丈夫却一心想着让我们所有人聚在一起吃顿饭。我跟你说实话吧，我也变得有些迷信了，有点儿害怕聚会和欢乐，担心上帝会听见我们的笑声，从而用不幸来惩罚我们。"

"你听我说，"加夫列尔快活地说道，"菜单我都想好了，你听听看，"然后他把菜单背了一遍，"怎么样？"

"很好，都很美味，尽管我不太确定妈妈是否会喜欢那么精致的食物。你知道她的性子是多么古怪。一定会立马开口询问每道菜花了多少钱，埋怨并反对铺张浪费。她永远都那么在乎金钱。哎，你别忘了，安德烈娅是素食主义者。"

"她怎么会是素食主义者？从什么时候开始的？"

"已经很长时间了。你最后一次跟她通话是什么时候？"

"我上一次跟她打电话……我不记得了，但她没说她是素食主义者。她是彻底的素食主义者吗？"

"肯定是的。你了解她的，做任何事都无比虔诚。"

"那我可以专门为她准备几道菜，没问题。比如说，茄子汉堡、西葫芦煎饼、素牛排……"

"她可不希望你那么做。无论你做什么，她都不会觉得你为她做出了牺牲。恰恰相反，做出牺牲的人将会是她，她会带着恶心的表情吃光你准备的所有食物，甚至会把盘子舔得发亮。她肯定会那样做。还是说你依然不了解她？"

"真叫人难以置信，他那么聪明，念了那么多哲学，但却对周围的人那么不了解！他很少给安德烈娅打电话这一点，我不知道奥萝莉塔你怎么想，我是觉得不太好。如果他不给我打电话，我倒是无所谓。我的恐惧症已经痊愈了。但安德烈娅有心理上的问题，她受了很多苦，感到很孤独，加夫列尔应该知道这一点，应该多关心她一点。"

"好吧，到时候再说，"加夫列尔说，"现在不用考虑那么多细枝末节。你呢，你怎么样？旅行社怎么样？孩子们呢？罗伯托呢？"

"那并不是细枝末节，"索尼娅温和但却强调地指出，"我不知道你为什么会觉得那是细枝末节。安德烈娅过得不好，她一直都过得不好，而那一点并不是细枝末节。并非所有的话题都是关于柏拉图或亚里士多德的。"

"我不是这个意思。我指的是菜单，仅此而已。"

"我当然知道了，傻瓜。你知道的，我是喜欢你才跟你开玩笑的。"

"我感觉他因我对细枝末节的反应而有些生气。你应该比我更了解他，但我觉得加夫列尔把一切都看得太过简单化了。我知道阿莉西亚的事，那着实令人头疼，但我觉得有些人生来就是为了获得幸福的，加夫列尔就属于那样的人，我觉得你也是，对不对？好啦，傻瓜，别否定了。"

奥萝拉并没有否定。她只是静静地聆听，咬了咬嘴唇，插入一些折中的话语，理解，接受，给予一些建议，陪伴每个人的快乐和悲哀，而从来没有人向她提出过任何问题，也许是因为没人想到过她也有倾诉的需求，某件乐事，某件憾事，更不用说某个秘密或是由日常生活的黏土塑造出来的小故事了——就像发生在其他人身上的事一样，他们一旦经历了什么，无论多么微不足道，就会马上急着告诉他人，添加上所有的细节以及虚构的装饰，描述那些事一定比亲身经历它们更让人激动、更加真实吧。人类的创造力真是非凡啊，能够把所有经历过的事情编造成激动人心的故事！

"你刚才跟我说什么来着？我忘了。"

"没什么，"加夫列尔发出滑稽的声音，"我问你们怎么样。"

"很明显，我所说的细枝末节指的是菜单，而不是安德烈娅，但索尼娅却借机改变话题，开始对我进行一连串的指控。跟她谈话真是艰难，更不要提跟安德烈娅了。"

"我早跟你说过了，得考虑清楚了再打电话。跟你家人谈话需要十二分注意措辞。在你家，措辞从来都不是单纯的。"

"啊，我们过得不错，就那样。孩子们很好。阿苏塞纳现在在一家非政府组织工作，负责招商，埃娃跟男朋友搬去帕尔拉①住了。她男朋友是机修工，有一间小小的摩托车维修车

① Parla，马德里自治区的一个市镇，位于马德里以南。

间。但你也知道的，现在的年轻人都喜新厌旧得很。频繁地更换对象，更换工作，更换公寓，当情况不太好的时候，就会回家里来住一阵子。她们俩一个是记者，一个是生物学家，真是有意思。一切都太有意思了。还有旅行。她们到处都有朋友，现在有了廉价航空，随时都能拿起背包，去到最远最异域的地方。随时都可能从印度或加拿大给你发来一条短信。真是令人费解。他们没钱，没工作，什么也没有，但却可以不停歇地周游世界。像游牧的贱民一样。"

"是啊。旅行在当下几乎成了一种刑罚。你呢，你怎么样？"

"还是老样子，在旅行社工作。当然了，还有罗伯托。对了，你读过《非洲的青山》①吗？"

"没。"

"那你应该读一下，写得很好。罗伯托送给我的。你知道的，他想去肯尼亚度蜜月。正因如此，我才问你奥拉西奥是不是也会参加妈妈的生日会。"

"当然了，他可是孩子们的父亲啊。"

"没错，但我不想见到奥拉西奥，更不想看见他和妈妈挤眉弄眼，跟一对恋人似的。妈妈才是那个应该嫁给他的人，而不是我。"

---

① *Green Hills of Africa*，美国作家海明威写于 1935 年的非虚构作品。

"但罗伯托也可以一起来啊。那是他认识妈妈、安德烈娅、奥萝拉和孩子们的好机会。"

"我才不想让罗伯托认识奥拉西奥呢。我不想让他知道我曾经跟什么样的人结过婚。"

"我不知道加夫列尔怎么会没想到那一点，没想过罗伯托和奥拉西奥是多么地不一样，没想过那样碰面对我而言将会是多么尴尬。我也不想让奥拉西奥认识罗伯托。知道吗？我不知道是出于骄傲还是什么，但我不应该跟奥拉西奥提起罗伯托，自从得知罗伯托的存在开始，他一有机会就会询问我关于罗伯托的事，甚至让我给他看罗伯托的照片。奥拉西奥是个变态。真的，相信我。也许什么时候我会跟你讲述关于奥拉西奥的真实故事。我不知道自己会不会有那个勇气，因为那太让我羞愧了，但假如说要告诉他人，那我只会告诉你。正因如此，在听了加夫列尔的那番话后，我简直想把瓷器砸向墙壁。奥萝拉，我知道你可以理解我。我觉得你和罗伯托是这个世界上仅有的两个能够理解我的人。"

"好吧，那就别叫罗伯托一起来。"

"那我怎么跟他说？"

加夫列尔并没有急着回答。

"最好是，"他不自觉地降低了声调，"什么也别告诉他。"

"什么也别告诉他？！"索尼娅愤怒了，嗓音由于怒火而变尖，"那可是妈妈的八十大寿，而你却叫我什么也别告诉他！

恰恰是你，那个向来宣称人要活得真实诚恳的你。我跟罗伯托有个约定，我们永远都不会对彼此撒谎，因为他在之前的婚姻也活在谎言中，跟我一样，跟几乎所有人一样，我当然不会在第一次遇到挑战时就违反我们之间的约定。我永远不会背叛罗伯托。真爱里是容不下不忠与谎言的。"

"我明白，并同意你说的每一句话。你说得很对。但你可以跟他讲实话，告诉他也许这不是他认识你家人的最好的时机。他一定能够理解。"

"为什么参加聚会的人得是奥拉西奥，而不是罗伯托？为什么？"

"你知道的，因为他是你两个女儿的父亲。"他再次发出滑稽的声音，像怠惰的小孩在眉头紧皱的严师面前发出的声音。

"但我们差不多都离婚三十年了。"

"是啊。你看，最好是他们俩谁也不要来。"

"奥拉西奥不来？你在说什么啊？！妈妈是不会同意的。安德烈娅当然也不会同意。"

"我们可以跟她们说他在外地，或是身体不太舒服……"

"你难道不知道妈妈和安德烈娅几乎每天都会跟奥拉西奥通话吗？不，那个谎言行不通。再说了，我撒谎撒累了。不想再撒谎了。"

"你指的是什么谎？"加夫列尔用中立的语调说道，仿佛在索取信息。

"所有的谎言。从我们小时候开始，爸爸跟我们说画里的那个男人是我们的先辈。"

"那不过是个游戏罢了！跟吃人魔和飞龙的故事一样。再说了，每个家庭都有谎言，在爱情、友情以及别的关系里也有，因为要想和睦共处，每个人都需要持有各自的秘密。"说到这儿，加夫列尔提高声调，用说教的语气继续说道，"事实上，我们在很大程度上都是自身的秘密。狗和它藏起来的面包，鸟儿和它的巢，狐狸和它的洞穴，神父和教民的罪，首相和国家机密，爱人和他们偷看其他人时颤抖的炽热。没有人不是带着秘密下葬的，而对秘密而言，在过世后依然未被揭露是其最高的荣耀。在狂热盲信作用下的真诚只会导致毁灭。而且，为什么要去翻搅过去呢？过去的流水总是很浑浊，更糟糕的是，它也会让当下的流水变得浑浊。"

"奥莉，你比谁都清楚。当加夫列尔以哲学家的姿态开始演说时，他总是有道理的那一方。而事实上，时间已经不早了，我快要赶不上跟罗伯托的约会了。于是我对他说：'喂，说到当下，你对韩国菜有所了解吗？'"

"不了解，但可以想象得到。米饭、酱油、鸡肉、面条、海鲜、豆腐……"

"好了，"索尼娅说，"我不想否决你生日会的提议。如果一定要聚会，就聚吧。如果妈妈和安德烈娅执意要奥拉西奥参加，那我就做出牺牲吧，就像安德烈娅对肉做出牺牲一样。我会跟罗伯托解释的。除了撒谎，我会想办法跟他说的。"

"太好了。那么我去跟安德烈娅打电话，再来通知你。"

"好的，等你的消息。"

"真的，奥萝拉，要我说，我会让他忘了生日会的事。但我见他那么兴奋……你怎么样啊？阿莉西亚呢？"

"你知道的，她在继续接受治疗。"

"希望会有所好转。"

"但愿吧。"

"一定会的。你要是可以的话，劝加夫列尔忘了生日聚会的事吧，每个人单独带着礼物去看望妈妈就好了，跟我们一直以来的做法一样。"

"我同意你说的。最好是不要聚会。"

"对吧？希望凭借我们俩的力量能够说服他。哎，跟你聊天真让人愉快！真的，你太好了，奥莉。给每个人一个吻。"

4

　　索尼娅和安德烈娅说，在给父亲守灵的时候，她们俩哭得精疲力尽，家人、亲戚和公司的同事也哭了，一些人哭得厉害一些，另一些人哭得节制一些，甚至连才几岁的加夫列尔也哭了，也许并非因为痛苦，而是出于惊骇和恐惧，但母亲却一滴眼泪也没掉。她一直都保持着挺拔的身子，以及一成不变的让人难以捉摸的表情。薄薄的嘴唇紧闭着，发髻牢实，双手固定在大腿上，目光看向前方，但却没有聚焦在任何地方。在家里的客厅为父亲守灵的那段时间，母亲的静止不动仿佛与"伟大的彭塔波林"庄严的画像相映成趣——后者主导着那幅场景。她们顺口提到，从来没人见过母亲哭泣，并非像加夫列尔那样是出于幸福，而是由于她性格的坚毅，以及她的宿命论且深不可测的内心。又或许是像加夫列尔说的那样，她早在童年就把一生的泪水都流光了，于是再也不会哭泣。

他们也说到（在这一点上三个人意见一致），在葬礼的第二天，她所做的第一件事即是把那幅挂在客厅的画取下来，把油画从画框里拆下来，撕成碎片，揉作一团，扔进垃圾筐。画框被她留了下来，准备出售。在整个过程中，她不紧不慢地行事，带着坚定且冷漠的决心，最后，她转向惊愕地观看着那个令人费解的行为的三个孩子，冷冷地对他们说画里的那个男人既不是他们的先辈，也跟他们家没有任何关系，他不过是个陌生人罢了，一个幽灵，一个来自另一个时代的随便某个男人，父亲讲述的一切都是杜撰，都是谎话，他们已经过了相信那些东西的年纪了。毋庸置疑，在她看来，故事即使再能打动人心，也能够像衣服上的污渍一样被轻易抹掉。把它们洗干净就好了。那个由游戏和幻想组成的时代已经终结，现在将开启一个新的时代，她对他们说：在这个时代，我们得仔细研究如何能够靠所有人的力量养活这个家。她开始细数：吃饭、穿衣、买鞋、支付公寓的贷款和税额、水费、电费、气费、暖气费、电话费、学费、物管费，以及其他所有的额外开支（生病、买药、修缮、临时的分摊费用，还有其他许多想不到的开销），它们不可避免地会跟不幸一起准时到来。从现在起，她说，那将是等待着他们的冒险，是他们生活中唯一且真正的使命，跟它比起来，那个戴着羽饰帽子的木偶的英勇事迹不过是小孩子的游戏罢了。

而那场冒险，那首全新的史诗，他们从一开始就全身心投入。正如安德烈娅常说的那样，他们像一群惊慌的牲畜，晃动着铃铛，蜂拥逃向未来。母亲增加了病人的数量，一整天都提着黑皮小手提箱进出家门，在任何钟头离开家，或是回到家，但即便如此，她还是能抽出时间买菜做饭，打点家务，一刻都不得休憩。与此同时，孩子们去上学，放学回家，温习功课，写作业，家里每时每刻都沉浸在一种肃穆且克制的氛围中，仿佛每个人所做的每一件事都是在赎罪。那就是四个人一同开启的冒险，他们并非作为听众，而是主角，那场冒险并非杜撰的，而是真实确凿、伸手摸得到的。由父亲领衔的传奇且悠闲的朝代被废除了，现在，主导一切的是勤奋劳作和利益至上的精神。

从一开始，母亲就给两个女儿布置了各种各样的家务活和责任。但却没有给儿子加夫列尔安排任何家务，一是由于他年龄小，再则是出于他所拥有的某种天赐特权，让他永远都不用做家务。关于这一点索尼娅记得非常清楚，安德烈娅更是耿耿于怀。加夫列尔从来没有洗过碗、铺过床、煎过蛋、扫过地，也没缝过纽扣。安德烈娅回忆说，几年后，她在某天被安排清洗瓷器时，半吼着说："为什么他从来都不做清洁？"接着她就加夫列尔的特权——以及男人普遍持有的特权——大声咆哮起来，母亲——棱角突出的面孔比以往都要更加锋利的母亲——朝她走过去，举起手朝她的脸上打过去。

这些都是索尼娅和安德烈娅告诉她的事，她们从不会忘记在叙述中插入这样的话语："奥萝拉，你知道我是不会对你撒谎的""真抱歉，在你面前这么坦诚""奥萝拉，你要相信我说的""这件事我只告诉了你""你知道我在你面前没有秘密可言""我真心把你当姐妹对待"。

　　每当母亲需要突然出门工作时，就让索尼娅负责家里的事。尽管在父亲过世时她已经十二岁了，但却依旧童心未泯。依然喜欢关于仙女和公主的故事书和动画，像四五岁的小女孩那样对着电视里的小丑发笑。但她最喜欢的是跟洋娃娃一起玩儿，在很长一段时间里，她依旧跟那些洋娃娃一起玩耍，用小孩特有的那种神秘难懂的挑逗语调跟它们聊天。而现在，自打父亲去世，她只能在私底下偷偷跟洋娃娃玩耍。"已经过了玩儿洋娃娃的时候了"，母亲在生存大冒险一开始就这样告诉过她，并抓起洋娃娃和其他玩具，还有许多连环画，以及能够找到的关于那个已经灭绝的白日梦年代的其他残迹，把它们一并塞进天花板储藏柜的最深处。游戏的年代已经过去了。不仅是游戏的年代，还有享乐的年代。那么音乐呢？那可是安德烈娅的挚爱。母亲限制他们使用收音机和电视，她在家的时候，没人敢唱歌或跳舞。沉默中只听得见做家务的声音，每个人与命运殊死搏斗发出的压抑的劳作声。正因如此，每当母亲盘着牢实的发髻、迈着强有力的步伐、提着黑皮手提箱走出家门时，索尼娅就会把洋娃娃们从储藏柜的深处取出来，仿佛从吃人魔黑暗的地牢里将它们拯救出来，拥抱它们，摇晃它们，给它们穿裙子，用不为外人所知的语言跟它们讲话……而讨厌洋娃娃的安德烈娅则会躺在沙发里看连环画，打开收音机播放流行歌曲，用嘶哑跑调的嗓音跟着哼唱。而加夫列尔……按照索尼娅和安德烈娅的说法（"奥萝莉塔，即使真话会让你难受，我也永远都不会跟你撒谎"），他打小就很安静，从某个角度而言，有些沉着。仿佛是母亲苍白且温柔的变体。又仿佛生来就是那般地克制冷静。正如索尼娅把什么事都看作游戏，加夫列尔把游戏也当作成年人的工作来对待。他有一个手里握着枪的塑料牛仔，以及一辆红色的金属小汽车，像多米诺骨牌那么大，好似那两个玩具就能够满足他的想象力。他在玩耍时非常细致，吃饭时细嚼慢咽，在座位上一动不动，耐心认真地完成学校布置的绘画和练习（他的手总是能够敏捷地放下铅笔，并快速移动橡皮擦），用温顺的目光以及平和的表情观察着一切。从那时候起，他就是和谐与克制的鲜活形象，仿佛他一生下来就是个哲学家。当母亲回到家时，加夫列尔会跑到她的跟前，抢过她的手提箱，用两只手提着它，仿佛献供似的，把它收起来。"你仿佛可以看见他的守护天使就在他的身后飞舞，用翅膀包围、保护着他"，安德烈娅曾这样说道。

"真可笑！"加夫列尔在听到那些回忆的幻觉时感叹道。他推论说，几乎所有的童年往事都是由后来的回忆加以润色、删除和新增重建而成的，其中插入了想象甚至是做梦的成分，以及伪造出的秘密利益，成年人甚至最终会为儿时的故事盖上封印，让最后那个版本变得如此真实，在情感上变得如此真实，仿佛是显而易见的事实一样。

"他有一次告发了我，"索尼娅说，"大概在我十三四岁的时候，某一天，加夫列尔告诉妈妈我把洋娃娃从箱子里拿出来跟它们玩耍说话。妈妈斥责了我，威胁着要把洋娃娃全都扔掉。奥莉，我实在是忍不住，我知道那都是小时候的事情了，但我有时仍然会为他那一天的背叛而感到愤怒不已。"

后来，当她俩觉得母亲快要回家时，就会装出擅长家务的模范小女人的模样。那即是母亲施与家里的沉重氛围。索尼娅和安德烈娅说从来没人听她唱过歌，也没听她讲过任何逸事或笑话，更不要提讲故事了，她既不微笑，也不会开玩笑或者说出哪怕仅仅是一句机灵诙谐的话。然而，加夫列尔却坚持认为那是由怨恨导致的带有恶意的夸张。母亲的确从来都是一个寡言的女人，只会说必须得说的话。于是乎，她的言简意赅、她的严肃、她简朴勤劳的作风，都被索尼娅和安德烈娅诠释为冷漠。他说，母亲也从不会跟他讲故事、唱歌，不会陪他玩儿、为他举办聚会，也不会给他唱《五只小狼》，挠他的痒痒，或做出其他类似的宠爱举止。"妈妈就是那样一个人，但她是为了子女而活，为了我们而辛勤操劳，那些她拒绝他人获取的东西她也从来没有让自己享受过。说到我，我也根本不是那么个谦逊严肃的小孩，不是妈妈的小小复制品。我跟其他小孩一样，我不得不花了好大力气，做出了许多推理和回忆才将自己

34

从姐姐们赋予我的那个形象中解脱了出来。"

然而，索尼娅和安德烈娅却继续讲述着母亲是多么地在乎钱，只在每个星期天的下午给她们俩一百比塞塔，连买一张电影票都不够，而且从没给她们买过任何东西，无论是礼物、任性想要的小玩意儿还是惊喜，或是某个既实用又好看的东西。什么也没买过。而至于电视，那台父亲在许多年前买的黑白电视机，她只允许他们在为数不多的情况下观看，而且从来都会计时。当然了，她自己也不会看电视，不看电影、娱乐节目，也不看纪录片或新闻，但当孩子们看电视的时候，她总是会在场，于是就会破坏他们看电视的兴致，因为她永远都带着恶心和轻蔑的表情，还时不时地摇摇头，仿佛置身于极度失望的深渊。

"并不是那样的。她当然会看电视！"加夫列尔脸红筋涨起来，"她很喜欢星期六晚上的娱乐节目，有时还会就歌手和喜剧演员发表一番风趣的评论。噢，那些喜剧演员确实很少能引得她发笑。有时候我们四个人会去电影院。那一点索尼娅和安德烈娅都不记得了，或者说她们不想记得，但我却记得。我清楚地记得某一天我们去看刚上映的《大力水手》，还去看了《绿野仙踪》。她还带我们去看过马戏。她给索尼娅买了一台磁带录音机，让她可以听英文磁带，把自己的发音录下来，从而纠正口音。圣诞节的时候我们会装饰一棵小小的带灯光的圣诞树，而且我们每个人留给东方三王①的鞋子里从来都会收到一份礼物。问题在于，索尼娅和安德烈娅只记得那些糟糕的回忆，将它们无限放大，我猜这是因为后来发生的事，但在妈妈开杂货店之前，我们一家人非常和谐幸福，至少跟其他许多家庭一样幸福。"

索尼娅非常勤劳，做事也很仔细，也许正是因为她做任何事都像玩游戏一样。她的模样十分讨人喜欢。从来都干干净净，鞋子擦得很亮，衣服和头发跟她的洋娃娃一样精致整洁。因为她很漂亮，非常漂亮、轻盈、非常阴柔，跟安德烈娅完全不同，后者从很早开始身体就变得结实、笨拙，略微有些中性化。索尼娅的成绩很好，从小就喜欢英语和地理。她将大把大把的时间花在研究地图上面，或是给地图涂色，标注所有的地名和地形。长大后，她将掌握多门语言，当一名老师或翻译，或者是空姐，这样就能到世界各地旅行了。然而，尽管她年纪最大，发号施令的人却是安德烈娅。在母亲拿钱给她们去电影院时，看的并非是索尼娅喜欢的迪士尼或儿童电影，而是成年人看的动作片或情节片，她们也不会买连环画或糖果，而是把钱拿去买鞭炮和薄荷味的香烟，一切都按照安德烈娅的喜好和性子来。

与索尼娅相反，安德烈娅是个糟糕透顶的学生，很多日

---

① 1月6日是西班牙的三王节，也是西班牙的儿童节，1月5日的晚上，小孩会放一只鞋子和一些食物，等待第二天早上收到东方三王带来的礼物。

子连学也不去上，就在街区里转悠，带着孤僻惹事的表情观看着世界。她说（她毫无疑问把属于不同时期的记忆混淆在了一起）魔鬼在那时候就向她揭露了她拥有艺术家的灵魂这一事实。于是她匆忙且毫无目的地走来走去，聆听内心的声音，她说，那些声音常常伴随着内置音乐而来，形成既可怕又美妙的乐曲。某个东西在她的内心燃烧。"我已经不再走在我所热爱的土地上了，"她对奥萝拉说，"世界是个地狱。或者更准确地说，地狱在我的眼睛里。我在脑袋里听见路西法①的钟声。我没在寻找任何东西，只不过在找寻一个藏身之处。在前行的同时，我感到自己极具危险性。我偷偷地在巷子里穿行。奥萝拉，让我告诉你一件事，我不知道自己的体内藏着什么东西，那时候的我体内藏着什么东西，在坠落的时候，但我觉得自己跟阿莉西亚很像。当我看见她把自己关起来，无法逃离那个……我不知道，那个洞穴，或是监狱，或是金色的花园。我更加理解自己，我看见了我自己，听见了城市恼人的喧嚣，以及无辜者的哀号，跟小时候迷茫地在街区里晃荡时一模一样。"

她说（她一遍又一遍地说起），她对学业、对世界、对他人以及对自身生活的拒绝正是从被妈妈抛弃的那一天开始的。"坠落就是那样开始的"，她说。那是她童年的第一个记忆。她两岁，或许三岁。她们在家里，她和母亲，突然间，毫无缘故

---

① 基督教与犹太教名词，通常指被逐出天堂前的魔鬼或撒旦。

地，她把她抛弃了。她穿上出门的衣服，收拾好行李，狠狠摔门而去，关门声至今依然在她可怕的记忆中回响。"我从未像那天那样恐惧过。至今依然能够感受到，当我在夜晚梦见那一刻时，我会尖叫着醒来，真是可怕极了。我不知道过了多长时间。不管怎样，过了好几个小时，日历被风吹走了……妈妈还没回来。她再也不会回来。跟你实话实说吧，对我而言，妈妈再也没回来过。她在那一天永远地离开了家。我就此变成了一颗不受管控的卫星。"

那是安德烈娅创造出的另一个原初的神话，而那句"当我被妈妈抛弃时"则成了一面胜利的旗帜，飘扬在古老的废墟之上。

母亲又是怎么说的呢？她只有一次，用简洁凝重的话语讲述了她的版本。可是不要（那太荒谬了！），不应该把不同的诠释拿来对比。在大自然中并不刺耳的声音，比如即便再迥异的夜莺和蛤蟆，在人类行为中——更别提艺术了——也会显得不协调，或者至少会有些可笑。"你瞧瞧，我事先还告诉了她，"母亲说道，"我说我出门去给人打针。你自个儿在家里玩儿，我一会儿就回来。而且她并非像她说的那样才两三岁。她那时至少有四五岁了。"她过了一刻钟就回来了。但在那期间，由于安德烈娅的哭声和残忍的尖叫，以及她敲打家具、墙壁和餐具的声音，众多邻居很快聚集在了楼道口，徒劳地跟安德烈娅讲道理。"发生什么了？""你没事吧？""你妈妈呢？""快把门打开!"伴随着邻居的每一句哀求,她惊恐的号叫声就会翻倍。邻居们担心发生意外,于是打电话给消防队和警察,当母亲提着手提箱迈着强有力的步伐回到家、沉着冷静地打开门,看见安德烈娅站在那里,她的裙子被撕破了,脸上满是抓痕,披头散发,声音已哭得沙哑,但却从内脏发出一声咆哮,目光错乱,手里握着一把巨大的斧子。在她的身边乱七八糟地散布着各种被毁坏的物品。"我从未感到过那般羞愧。邻居们会怎么看我?!"她是如此地歇斯底里,当母亲试图夺走她手里的刀时,她向后退了几步,把刀举过头顶,威胁要砍她。而且一直带着那种不属于人类而更像是野兽发出的咆哮声。

索尼娅和加夫列尔,还有奥拉西奥,都试图帮助安德烈娅整理她的回忆。但她只接受自己的推理。收拾行李的行为呢?行李箱?即使跟她解释说根本没有收拾行李也没有行李箱,只有那个母亲从不离手的黑色小手提箱,也一点儿用没有。"我看见她收拾行李的,我亲眼看见行李箱的。怎么回事,难道是我出现了幻觉,还是说都是我杜撰出来的?你们在暗示我疯了,我在撒谎?"此外,她为什么不带着她一起出门?"她怎么敢把我一个人留在家里,一个才两三岁的小孩?我可能会喝下洗涤剂,打开天然气,出于惶恐而从窗口跳下去,把指头伸进插座里,火柴、剪刀……"说到这里,她沉默了下来,画上省略号,没有被列举出来的东西将会获得某种痛苦的颤抖。"可是她几分钟后就回来了!""胡说!她过了很长时间也没有回来!""而且你已经四五岁了。"而她却说:"我只有两三岁,我记得非常清楚。""你那么小,怎么可能记得清楚?""我就是记得。我身体中的某个部分记得。回忆很神奇,有些东西是永远都不会忘掉的。"于是根本没办法跟她辩解那件遥远的童年往事,她的故事是如此牢固地铸进了她的意识之中。

5

尽管奥萝拉几乎能一字不差地猜到加夫列尔跟索尼娅通话的内容，尽管她知道索尼娅一定会在第二天打电话给她，跟她讲述所有的细节，发表评论，闲聊八卦，把在加夫列尔面前想要说但却没有说出的话一并发泄出来。尽管如此，奥萝拉还是询问了加夫列尔索尼娅怎么看待全家人一起给妈妈庆祝生日的建议，但他转了转食指，暗示她稍后再聊，因为现在他要给安德烈娅打电话，他用同一根指头让她保持安静：嘘。

"肯定占线。"奥萝拉心想。的确如此，"占线"，加夫列尔说。因为她也猜到了那一刻正在发生的事——毫无疑问，她如果不是疯了，那一定是会点儿巫术——事实上，索尼娅第二天在电话里向她证实了那一点。

"你瞧，我一挂断电话就想起了全家最后一次聚会时安德烈娅挑起的事端，在妈妈家的那次圣诞聚餐。你记得吗？"

奥萝拉当然记得，怎么可能不记得。那可怕的一天已经是十年前的事了。母亲准备的头道菜是俄式沙拉，那是加夫列尔的最爱，在盛菜时母亲首先把菜盛给了儿子。又或许不是那样的，关于这一点也有对立的版本，从来都无法搞清楚究竟是母亲做了个要盛菜给加夫列尔的姿势（即便那个姿势再不起眼），还是安德烈娅抢先带着老练的嘲讽口吻对母亲说道："给加夫列尔啊，别忘了，别忘了先给他盛菜啊。"由于母亲也许并未捕捉到她言语中的恶意，因此遵循了她的建议，先给加夫列尔盛了菜，她一边盛菜，安德烈娅一边说："多盛点儿，再多一点儿，尤其要把好东西都盛给他，给他盛点儿虾、金枪鱼，多给他盛点儿红椒，每一样都多一点儿。"她语气中的嘲讽渐渐消失，被粗鲁和挑衅取代，于是母亲停下动作，把勺子悬在空中，所有人都愣住了，有些害怕，又有些迷惑，与此同时，安德烈娅继续她的演说："多盛点儿，再多一点儿！全都盛给他！全都给儿子！全都给哲学家！"怒气冲冲的她失去了控制，冲着加夫列尔和母亲大声辱骂。她骂他们自私、恶心、专横、卑鄙，是他们两人联手毁掉了她的一生，也毁掉了索尼娅的一生——她仿佛发现了地平线上一个异常的点似的，用手指指向索尼娅——因为母亲和加夫列尔是具有毁灭性的生物。"是你杀死了猫！！是你在我两岁时抛弃了我！！是你逼我去给老人洗屁股！！是你把我的未来夺走了！！"她冲母亲尖叫，接着又瞄准加夫列尔："你跑去了伦敦，即使你连狗屁英语都不会讲！！你是救世主！！你是将会成为天才的那个人！！然而你后来变成了什么样子呢？让我来告诉你：随风飘走的尘埃！！在阳光下融化掉的塑料花！！渐行渐远的马蹄声！！你们好好看看他！！难道你们还没认出他吗？是他！！是他！！一个只会坐而论道的超人！！"她就那样挑起了事端。母亲试图用勺子打她，却造成滑稽的场景，因为勺子里盛满了沙拉，沙拉飞离勺子，落在了每个人的身上。而她，安德烈娅，依然尖叫着，站起身来，往桌子上狠狠打了一拳，所有的餐具一齐跳了起来，她从过道里喊道："你从来没爱过爸爸！！你用你的物质主义和你黑暗的悲哀杀死了他！！"她狠狠关上门，走下楼梯，依然能听见在街道上逐渐远去的她发出的咒骂和威胁。

所有人都一动不动，集体摆出一副受到惊吓的表情。奥拉西奥脸色苍白，安静地哭泣，泪水落在蛋黄酱的污渍上面。母亲依然把勺子举在空中，头上顶着几颗豌豆，一边耳朵挂着一条红椒。没人，没人敢移动，也不敢说话。让奥萝拉永远无法忘记的是在那片世界末日过后深邃的沉寂中，开始涌现出一丝呻吟，没人——更不要提她——明白那声音是从哪里发出的，直到她突然看向阿莉西亚（那时她才三岁），看见发出声音的是她，看见那丝呻吟如何逐渐变强，直到变成一声沙哑的哼叫，好似发自一头藏在洞穴深处的动物，那道声音仿佛将她黑暗且原初的灵魂突然间展现在人们面前。除了某些哭声、喘息或嘟囔，那是他们第一次真正听见她发声。她在同类、在世界面前的第一次公开见证。奥萝拉怎么可能不记得那一天？

"于是，当我回想起那年圣诞节的聚餐，我就决定抢在加夫列尔之前打电话给安德烈娅，先给她打打预防针，因为你也知道安德烈娅是个怎样的人，事实上，我是最了解她的人，如果说她偶尔会听从他人的意见的话，那个人也只会是我。"

"可是妈妈讨厌庆祝啊，"安德烈娅说，"她觉得庆祝会带来灾难。"

"我也是那么跟他说的，"索尼娅说，"但加夫列尔说那不是庆祝，只不过是生日聚餐罢了。加夫列尔想让我们所有人再次聚在一起。他想让妈妈因此而感到快乐。"

"让妈妈感到快乐？妈妈不知道什么是快乐。你见过她快乐吗？"

"我也是那么跟加夫列尔说的。"

"而我呢？你见过我快乐吗？没有，对不对？我们住在一起的时候你也没怎么快乐过。家里唯一快乐的人是加夫列尔，我并不是想要批评他。你觉得加夫列尔这辈子曾经哭过吗？"

"哎，奥萝莉塔，你知道安德烈娅的，她有时候真是让人受不了，我也不会跟你隐瞒她对加夫列尔的看法。但你别听她的。她打心底里非常爱他。也非常崇拜他。安德烈娅在内心深处其实是很善良的。问题在于她很孤独，很迷茫，极度缺乏关爱，尽管她气势汹汹，但却无法伤及他人。"

"爸爸把快乐一起带进了坟墓，"安德烈娅说，"你们也许都已经忘了，但我却记得'伟大的彭塔波林'所有的冒险，很多个夜晚，我对自己讲述那些冒险，伴随着它们入睡……"

"你把一切都太过理想化了。"索尼娅说道。

"因为我相信昨天，"安德烈娅说，"现在的人随即就把事情给忘记了，但我不，我相信昨天。我每天都往回看，看见我的步伐在时间的尘埃中留下的印记。回忆在我的体内燃烧。妈妈怎么能够将'伟大的彭塔波林'的画像扔掉？她怎么有那个胆量?！"

"好了，"索尼娅说，"我们早晚都得了解真相。"

"什么真相？"

"还有什么真相？那一切都是爸爸的幻想。"

"你的意思是，那都是爸爸杜撰出来的，他跟我们讲述的一切都是假的？"

"我是这样认为的，难道不是吗？"索尼娅说道，但她开始感到害怕，有些迟疑。

"是不是假的，'伟大的彭塔波林'到底存不存在，我们都无从得知。那都是妈妈说的，但……"

"就在那一刻，我听见'硬糖'在叫，于是借机改变话题。"

"对了！'硬糖'怎么样？"她问道。

"'硬糖'很好，"安德烈娅说道，有些激动，又有些犀利，"我知道你很爱我，奥萝拉也爱我，但只有爸爸和'硬糖'是真正爱我的人。唯一关心我的人。无条件地爱和关心。"

"她是那样说的，但她没勇气对我坦白奥拉西奥也爱过她，因为安德烈娅一直都认为在我和她之间，奥拉西奥从来都更爱她。她是他的秘密爱人。当然了，她从没对我说过，但我都知道。你应该也知道的，对吧？"

"不，我完全不知道。"奥萝拉撒谎道。

"那就奇怪了。因为全世界都会把秘密告诉你。你是那么地温柔，那么地善解人意，那么地……我不知道，也许她跟你说过，但你不想告诉我。但我不会怪你，奥莉，因为我知道你从来都为每个人着想，而且要忍耐我们所有人已经够你受的了。但当安德烈娅对我说没人像'硬糖'那样爱她时，我既感到难过，又感到愤怒，因为她那样说一方面是为了伤害我，然而从本质上来看她说得并没错……"

"我也关心你，"索尼娅说，"也很爱你。"

"她在那一刻沉默了，以她惯有的沉默方式，那真叫人难以忍受，因为好像是你冒犯了她一样，是你导致她陷入了沉默，你是让她沉默的罪人。"

"我还陪你去参加过反对斗牛的活动呢。"索尼娅说。

"而她依然沉默。"

"我只穿了内裤，全身都被涂成红色。"

"由于她什么也不说，置身于她控诉的沉默中，我说起当时一个警卫拿棍子抽打我，导致我的后背伤了一个月。"

"你后悔了吗？"安德烈娅说。

"没有……"

"还是说你跟全世界的人一样，转身就把一切都忘了？你难道不记得钢铁长矛、短标枪和斗牛剑的长度了？"

"我当然记得，"索尼娅说，"但我也记得小鸡、小牛……"

"别跟我说那些！"安德烈娅严厉地打断了她，"你知道我是绝对素食主义者。对我而言，动物是神圣不可侵犯的。植物也是。我能听见花儿的叫声。我常常在公园里对小孩们说：'孩子们，小心点儿，别踩到雏菊了。'"

"接下来又是一阵她那种受辱的沉默。你在听吗，奥萝拉？"

"在，安德烈娅的敏感触动了我，还有你的善解人意。"

"我不确定我是不是善解人意，因为我很想让她马上滚蛋，但同时又再次为她感到难过。"

"我也很少吃肉，吃得越来越少。"索尼娅说。

"你知道西班牙还剩多少只猞猁吗？"安德烈娅问道，声音中带有一丝悲观意味。

"不知道，但我真的爱你，我理解你。"索尼娅说。

"但那并不是我在那一刻的感受，我唯一的感受是绝望和想要尽快结束谈话的意愿。"

"我也一样，"安德烈娅说，"我一直都很爱你，比你想象的要多得多。要是我相信上帝——像在从前，我想去当修女，但却被妈妈否决——因为她从来都不允许我做我想要做的事，我会常常为你祈祷，也为你的孩子们祈祷，但现在我不相信上帝了。已经不相信荆棘王冠了。我只相信梦和博爱。"

"奥萝拉，她在撒谎，她并不爱我。她怎么可能爱我？恰恰相反，她恨我，出于奥拉西奥的原因。她无法忍受奥拉西奥爱上了我并跟我结了婚。"

"我不这么觉得，索尼娅，那件事已经过去很长时间了，"奥萝拉说，"况且，奥拉西奥选了你又不是你的错。"

"呜咦！那件事她是不会忘的。也永远不会谅解。可以说，那是她生命中最严重的创伤。正因如此我才为安德烈娅感到难过。我真希望跟奥拉西奥结婚的人是她。真心希望。但问题在于她并不知道奥拉西奥的真实面孔。只有我知道，我从来没告诉过任何人，连你也没告诉过。"

"但现在你跟罗伯托很好。别想那些事了。"

"是呀，但生日会的事（真不知道加夫列尔是怎么想的？！）让人不由自主地再次想起那些事。"

"我的孩子们也很爱你。"索尼娅说。

"是啊，可是她们几乎从不打电话给我，也不会来看我。"

"她们对我也一样，"索尼娅试图让那一点看起来不太重要，"你也知道现在的年轻人是什么模样，她们过得也不好。我觉得这一代年轻人的生活比从前更艰难。"

"你的意思是，"安德烈娅像弹簧似的跳了起来，"跟我们那一代相比，现在的年轻人受的苦更多？"

"也许是的，"索尼娅大胆说道，"从前至少有一些官方的标准，有明确的行为准则，有路线图，有不容置疑的价值观，而且未来也更有前途。"

"天呐，我怎么会在那个时刻说出那种话！于是她当真把自己幽禁在了沉默之中，甚至可以听见她是如何从里面把插销闩起来的。而我们还没聊到生日聚会的事呢。我不知道如何才能把她从她的神秘主义中拉出来。但最终她在不受外力的作用下自个儿就开口说话了。"

"现在的年轻人有人爱、受人保护，也享有前所未有的自由。各种各样的机会也更多。我想当现在的年轻人。我一直都过得很糟糕。你知道的。我想要学习音乐，弹吉他，建一支金属乐队。我想要坐在凯迪拉克的后座出行。但妈妈逼我辍学，在十六岁就开始工作。她逼我去给老人洗屁股。"

"在那一刻我愤怒了，奥萝拉，我再也受不了了。"

"那我呢？"索尼娅怒气冲冲地说道，"我十四岁就被迫去杂货店工作，况且我成绩还非常好，英语也很棒。"

"我差一点儿对她说：不像你，每一科都不及格，也根本不去上学。我也想对她说，我在十四岁时就被妈妈逼着去跟奥拉西奥谈恋爱，十五岁就跟他结婚。但我没说出口，因为我知道，你也知道的，奥萝莉塔，别否认，安德烈娅不觉得那是惩罚，反而认为那是一种恩赐，弥补了我生命中所有的不幸。她什么也没说，但她通过她的沉默——因为她的沉默比她的言语更富有含义——把一切都告诉了我，告诉我在她看来命运对我是多么地慷慨，将奥拉西奥馈赠给了我，也告诉我我是多么地不领情，多么地愚蠢，竟然拒绝了那份天大的恩赐。我再也无法继续那场对话，不知道该如何把它引回原点，但就在那一刻，她主动提到了聚会的事。"

"我得告诉你一件事。我开始回头看过去生活的那些篇幅，重新阅读，试着理解它们。妈妈从来没爱过我，你知道的。你想想我自杀的时候。她做了什么？叫了医生吗？没，没叫医生，她没做出任何拯救我的行为，因为她打心底里对这一切毫无所谓，我觉得她甚至希望我死掉。你想想戒指的事，还有其他许多她缄默不语的事。她把我的宝座藏了起来，就此将我永远流放。但即便如此，我依然很爱她，那是不可避免的，我无法对她持有哪怕是一丁点儿的怨恨，我觉得搞一场聚会很好，因为她受了很多苦，辛勤劳作了一生，的确值得拥有一场庆祝。我将会是第一个参与并帮忙组织聚会的人，让妈妈在那一天感到幸福。所以我觉得这个想法挺好的，我们所有人再次聚在一起，再一次带着各自悲哀的面孔聚在一起。我很爱很爱你们每一个人，就算太阳不再升起，我也会依旧爱着你们。"

"她说完那番话，我以为对话就此结束了，于是我告诉她她说得很好，非常打动人，那我们之后再详尽讨论聚会的细节。但她却说……"

"奥拉西奥会来吧？"

"那句话让我暴怒不已——我不想骂脏话——，她完全没提到罗伯托，甚至都没问他好不好，她完全明白罗伯托对我而言意味着什么。于是我对她说……"

　　"不知道。再见。"

　　"然后我就挂断了电话。"

6

1982 年。他们仨分别为十四岁、十二岁和九岁。母亲四十四岁，尽管这一点无关紧要，因为她从来都没有过十分明确的年龄：她性格的坚毅以及作为母亲和寡妇的疲惫容貌，特别是她幸存者的形象，将她置身于时间轴的边缘。在那个时期的西班牙，可以听见历史年轻有力的心脏的跳动，正是在那值得纪念的一年，母亲遵循她唯一的、个人的、真正的历史故事的进程——那条平行于时代的洪流且看起来与之无关的私人事件的细流，决定支付一间小铺面的首付，把之前的小酒馆改成一家杂货店。她以这个勇敢且出乎意料的行为开启了第三个基础性的神话，它将改变所有人前行的方向，将他们引向全新且意外的终点。

她请了工人，随时密切监督着他们的工作，没几个星期装修工程就完成了。在那段时间里，她并没跟孩子们谈起过她的计划。他们看着她在家里进进出出，像通常一样积极、充满活力，但有时并没有提着她的手提箱。有些时候，她的发髻和肩膀在回到家时沾满了石膏，带着一股油漆和泥瓦的味道。到了晚上，在报社的印刷机不知疲惫地工作的同时，她在曲臂台灯的圆形光亮下一直待到深夜，在黑暗的包围中翻看着文件。时不时地，会在家里听见她失眠的踱步声。当她停下脚步时（通常是在被某个不寻常的念头吓了一跳时猛地停下脚步），仿佛世界的机器也停了下来，夜晚深邃的寂静好似在昭告着时代的终结。接着，她会继续悄悄地漫步，或是回到书桌前继续研究那些文件。孩子们在睡觉，是的，但安德烈娅和索尼娅有时候醒着，关注地聆听着那神秘的忙活，她们已经从中感受到某种威胁。她们是那样说的，或许是真的，又或许不过是回忆和怨恨在后来编出来的又一个杜撰罢了。然而，当他们在清早醒来，母亲已经投入到沉闷的日常琐事中，厕所、衣服和鞋子、早餐、苦口婆心的劝告、一些警告，最后是孩子们飞快地跑下楼梯。

　　一天又一天就那样过去，直到杂货店做好了开门的准备时，她才带孩子们前往那里，向他们展示杂货店，并非以自豪或亲切的态度面对他们的兴奋和惊讶，而是以雇主向日工展示后者需要耕种的土地那样——两者都没有对风景的优美和鸟儿的欢鸣加以留意，直截了当地向他们解释为什么要开杂货店，以及商店的经营方式。

但在加夫列尔的记忆中却不是那样。加夫列尔说母亲在那天买了糖果、糕点、巧克力和饮料，把柜台当桌子，即兴在那里举行了一场家庭下午茶。店里商品的数量，柜子、抽屉和橱窗的整齐，以及那个奇特空间新装的日光灯所带来的色彩和光亮，都让三个孩子惊讶不已。所有的事物闻起来都是新的，他们不停地看呀看，仿佛被那一切——所有那些崭新且贵重的物品（因为在他们看来那些物品很贵重，那一刻，故事里的宝藏大概在他们的想象中盘旋）都属于母亲的念头吓到了，既然如此，那些物品也是属于他们的，他们甚至觉得自己变富有了，一夜之间成了有钱人——那样的事也会发生在故事里。加夫列尔记得索尼娅后来曾对他坦白道，她在那一瞬间心想："现在我可以学语言，可以周游世界了。"

但姐妹俩却说那是间狭小压抑的店面，塞满了廉价——更准确地说是过时——的物品，有一个小房间，用作仓库和里屋。一个阴暗简陋的场所，充斥着化学味儿，因为杂货店也带有香水店和清洁用品店的性质，批量出售香水、酒精、煤油、松节油及诸如此类的东西。柜台后面有一张凳子。一台二手买来的噪音很大的小型收银机。一个挂在钉子上的小本子，用来记录客人赊的账。"她理所当然地并没有给杂货店起名字，"安德烈娅说，"任何人都可以想出许许多多个名字，好听的名字，但妈妈根本没考虑过那一点。肯定没有。她就是那样一个人。"商店有一个小橱窗，但那里也依然没有对审美做出任何徒劳让步。自古流传的交换的理念——仅限于商品和现金的交换，它是文明的支柱和伟大成就——主导着那个狭小的贸易机构。

在提到为什么开杂货店以及如何经营时，母亲说那并不是一时兴起，也不是由于家境得以改善，而只不过是出于需要罢了。家里的开支很大，津贴很少，贷款的压力很大，生活费用越来越高，而由于人们几乎不再需要护理师和脚病大夫，她挣的钱少之又少，因此要熬到每个月末非常困难，物价飞涨，工资不断缩水，未来的巨兽越来越逼近。于是，需要为生存大冒险增添新的一页。索尼娅和安德烈娅说，那场也许是她们从母亲口中听到过的最长的演讲，她是站在柜台后面发表的，双手重重压在柜台上，仿佛在宣告审判或传播教义。与此同时，孩子们站在柜台的另一侧聆听，懒散地立正站着，看向上方，因为站在柜台后面的母亲看起来很高大，尤其在加夫列尔看来，九岁的他几乎什么也看不见，母亲说的话他几乎一点儿也没听懂。

当时是夏天，九月初的光景。索尼娅已经初中毕业，并选好了在哪里就读高中。那段日子显得无比冗长。母亲随时随地都在抱怨他们的众多缺点，抱怨挣钱养家的不易，抱怨鞋子、肉和电费的昂贵。在盛饭的时候，从锅里舀出来的每一勺都透露出为了谋得那么一丁点儿粮食所付出的辛勤劳作。她吃东西很慢，仿佛老师一般向他们展示食物从餐盘到嘴巴的精确路线，在每一场旅途中思考并分析吞进嘴里的食物的意义和价值。她会在削水果的时候叹气。对于一个孤零零的女人而言，担子太重，太重了。然后还有文件，她拿出一个硬纸板文件夹，体积太大以至于橡皮筋都很难将它们捆起来，她展示着保险单、发票、价目表、税款、收据、期票以及其他上千份文件，接着，她一边试图把文件夹收起来，一边沮丧地摇着脑袋，于是孩子们——更准确地说是女儿们——不知道究竟应该感到难过呢，内疚呢，害怕呢，还是绝望……或许她们已经开始明白，伴随着那阵悲哀的嗡嗡声母亲正在密谋着什么。"并非是某个具体的东西，但我知道某件事将会发生，某件可怕的事即将发生。"索尼娅说。

现在，由于开了杂货店，索尼娅不得不负责更多的家务活，打扫屋子，有时候需要做饭、盛饭、收拾和洗碗、洗衣服、熨衣服、补衣服、照顾弟弟妹妹，因此，她几乎没时间学习，更别提玩耍了。她的洋娃娃，以及王子和公主，在黑暗的地牢里憔悴凋萎。"而安德烈娅很少帮我。恰恰相反，由于妈妈几乎整天都在外面，而且还没开学，家里的事她什么也不管，成天只知道听音乐，唱歌（摇滚歌曲，那是她最喜欢的），随着旋律扭动身子，晃动头发，做出弹吉他或打鼓的姿势，发出摇滚迷的尖叫，要不然就是练习武术（她也很喜欢武术），或是劈开腿坐在沙发上看连环画或电视。我就是从那时候开始看清安德烈娅是个什么样的人的，看清她的光亮与阴影。至于加夫列尔，妈妈常常把他带去杂货店，假如他在家的话，他会专注于他的事情，画画，读故事书，跟他的小汽车和牛仔玩儿，非常严肃，非常安静，远离周遭的一切，哎，我为什么跟你说这些呢，这些你比谁都更清楚。"

直到那一天终于到来，母亲在吃完午饭后说："我有话跟你们说。"那是个星期天。她收拾好桌子，擦干净桌布，把文件夹拿出来，放在自己跟前，并没有打开它，却把一只手放在文件夹上面，仿若发誓一般，简练精确地把全家的收支情况列举出来。父亲的津贴加上杂货店的收入（杂货店还没有固定的客户群，那需要花上好一段时间）并不足以养活他们一家。因此，她必须——那也是唯一的出路——把更多的时间花在护理师和脚病大夫的工作上，以及上门兜售杂货店和香水店的商品……索尼娅说，在那一刻，她的未来以一种令人恐怖的清晰显现了出来。加夫列尔在沙发上玩儿他的塑料牛仔和红色小汽车。安德烈娅抽搐地晃动着一条腿，好似伴随着某首摇滚歌曲的旋律。她或许以为那件事与她无关。当母亲说从现在起索尼娅将负责打理杂货店而安德烈娅将负责家务活时，安德烈娅依旧晃动着大腿，而索尼娅脸上的表情没有发生任何变化。她还不太明白发生了什么。对她依旧孩子般的听力而言，那个消息太耸人听闻了。在杂货店工作？接着，一点儿一点儿地，她渐渐明白了。好吧，但是工作多长时间？"需要多久就多久"，母亲说。那是生命中奇妙的瞬间之一，一个人突然在时间上大跃了一步，从青春期一下子变为成年人，心理和性格在一瞬间改变。那高中呢？她的计划，她对未来卑微的梦想呢？"你可以通过自学参加考试。当杂货店没有客人的时候，或者当我在杂货店里的时候，你就可以学习。而且你还可以在晚上和周末学习。只要有心，时间是可以挤出来的。"母亲说。"况且，"她补充道，"你完全可以自学外语。外语并不是一门专业。"

在接下来的日子里，她请求母亲至少让她下午不用工作，这样她就可以参加下午或夜间的学习班。但母亲病人数量最多的时段正好是下午和傍晚，因此也是杂货店最需要索尼娅的时段。"得优先考虑最重要的问题，"母亲跟她讲道理，"最重要的是靠全家人的力量养活这个家。"她说，过一段时间，一两年后，待情况好一些的时候，她可以重返学校，把读书推迟一两年没什么大不了的，甚至还有许多人在成年后才开始学习，跟那些从小学习的人相比，他们可以走得一样远，甚至更远。为了让她的论述更加完整，她最后说道，她可以靠杂货店过得很好，并不是每个人都需要上学读书的，在八月休假的时候，她可以随心所欲地去任何地方旅行，而且并不是以空姐的身份，空姐终归不过是一种类似于服务员的职业，而是以游客的身份，可以尽情享受无微不至的服务。"谁知道呢。也许杂货店就是你的未来"，而索尼娅无法找到任何漏洞来反驳她的论点。

关于那则不幸的往事，奥萝拉听过上千个不同的版本。加夫列尔对那个痛苦的9月的记忆不多，但她知道那时候的他已经不再玩儿牛仔和小汽车了。通过母亲的叙述，她明白母亲也不比索尼娅好过多少，迈出那一步对她而言是同样的残忍与痛苦，但家里的境况让她没有别的选择。他们得支付两笔贷款，面临着被赶出家门、陷入破产的威胁，也许她将不得不带着三个小孩流落街头。然而，索尼娅和安德烈娅却坚称，尽管生活也许会十分简朴，但他们完全可以只靠父亲的津贴和母亲的额外收入过活，甚至只需要杂货店和津贴就够了，这样她们俩就可以像其他许多普通家庭的女儿那样继续上学。但母亲对金钱十分贪婪，再多的钱也不能满足她，总是想要更多，正是出于这个原因，出于她的贪婪，她牺牲了两个女儿的天赋和未来。"那一点，奥萝拉，是很难被忘记、很难被原谅的。"

于是，她开启了一个新时期。那个回忆至今依然让索尼娅感到痛苦，有时候非常痛苦，跟当时一样，甚至比当时还要更痛苦。她是那么地孩子气，还那么喜欢玩耍，那么想要学外语，想要去环游世界，而此刻却突然跑到一间寒酸阴暗、充斥着化学味儿的杂货店当全职店员，出售线团和纽扣，跟顾客介绍拉链或香波的质量，比对线轴的颜色，数钱，最终变成一个肩负着许多责任的年轻女人（几乎变为了成年人），而她才刚刚开始品味的生活就此被拆毁。"当然了，我那时候根本不知道那不过是个开端罢了，跟后来发生的事——当我发现自己突然变成了一个真真正正的成年女人时——比起来，那根本算不上什么。"

与此同时，母亲继续她的工作，有时会让病人到杂货店来就诊，在店后的房间给他们打针或敷药，当她上门给人看病时，会顺便推销杂货店的商品，几乎所有人都会买点儿什么，有时候是出于面子，有时候是出于方便。她每次回到杂货店都会对索尼娅说："看到了吧？客人是需要主动寻找的，生活中没什么是白白送上门来的。""我恨她，奥萝莉塔，我跟你说的都是我的真实感受，每当她拿着黑色手提箱出门、把我一个人留在杂货店里，是我最恨她的时候。如果说我整个灵魂都恨她的话，那么我对那个手提箱的恨还要更深。"更让她失望的是，没过多久，出现了一个机会，三个孩子中的一个可以去伦敦学习一个月英语，而被选中的（不是他还会是谁？！）是加夫列尔。索尼娅看着他离开，心里充满了嫉妒和怨恨，她感到跟他一起永远离开的还有她所有的梦想。

而安德烈娅……她说家里繁重的工作，强加给一个十二岁女孩的庞大的负担，毁掉了她在艺术和学业方面的未来，并为她带来了永远无法痊愈的创伤。"每一天都是一座需要攀爬的山峰"，她说，并开始列数：扫帚和拖把、床铺、需要清洗和熨烫的衣服、煮饭、买菜、摆桌子和收拾桌子、洗碗，此外还要给加夫列尔当保姆。"那即是我的童年，奥萝拉。我是一列负重的火车，你明白吗？于是你就会明白为什么我跟黑色从来是老熟人。"

她说那段时间她罕有的快乐之一是把一只在街上捡到的

猫咪带回了家，被冻坏了的猫咪呈桂皮色，长着绿眼睛，她给它取名为"彭塔波林"。"那是我唯一的快乐，那只猫咪是我那时候唯一的朋友。我知道妈妈是不会接受猫咪的，于是我把它藏在衣柜里，跟我的衣服藏在一起，但很快就被妈妈发现了。'哪儿来的猫？'她把头向后仰，歪向一边，反感地看着它，仿佛猫咪让她感到恶心似的。'家里没地方养猫，'她说，'你从哪儿捡来的就把它送回到哪儿去。'于是我请求她，哀求她，我跪在地上，紧紧抓住她的裙子，求求你了，妈妈，我对她说，我求求你，让我把它留下来吧，我会照顾它，给它洗澡，分给它我的食物，我发誓家里会跟没养猫时一模一样，我对天发誓，然后我抱住她的大腿，哭了起来。"而母亲高高在上，像法官一样看着她，她一直哭泣，一直抱着她，直到母亲终于同意了——尽管她非常不情愿，摇着脑袋，仿佛在内心进行着搏斗。

"养猫让我感到幸福，猫咪安抚了我所有的悲伤。我在家里走动，它就跟在我的身后。我扫地，它不知疲惫地跟扫帚嬉戏。我跟它说话，它用它的方式回答我。我呼唤它，它会很快跑过来。我唱摇滚，它也会跟随我的韵律。我让它把爪子给我，它就会递给我。它是我在这个世界唯一的慰藉。仿佛黑暗中的一道彩虹。"但没过几个星期，她在某天放学回家时发现猫咪不见了。"妈妈把它杀死了，"她断言道，"或许她把猫塞进了一个口袋，把它带到很远的地方扔掉了。但是，出于对她的了解，我非常确定是她把猫杀死了，把它扔进了垃圾堆，就跟她对待'伟大的彭塔波林'的画像一样，一模一样。"

然而，母亲却说那是安德烈娅为了诋毁她而编造出来的众多谎言之一，她怎么可能杀死那只可怜的小动物，实际情况是猫咪跑到阳台，跳上了屋顶，不知道是因为不知道怎么回来呢，还是不愿意回来。"在很长一段时间里，我都期待着它随时可能回来，有时候我会跑到阳台上，朝屋顶探头，召唤它：'彭塔！彭塔波林！'但它没有回来。它被妈妈杀死了，又怎么可能回来？！我甚至知道妈妈是如何杀死它的。她是把它摁在洗手池里淹死的。她顺便利用洗手池里的脏水，抓起彭塔波林，把它摁进水池里，摁向深处，直到它被淹死。""也许并不是那样的，"奥萝拉说，"也许猫咪的确是从屋顶跑走了，你知道猫是什么样的动物，它遇到了别的猫咪，于是就留下来跟它们一起生活了。"但随着时间的推移，在对那件事反复思考过后，安德烈娅对悲惨的结局十分肯定。"谢谢你安慰我，奥萝拉，但你别再上当了，是妈妈杀死了猫咪。她清楚知道自己做了什么，一点儿也不内疚，跟她一生中做的其他所有事情一样。"什么也改变不了她的那番确信。

在加夫列尔看来，仅仅是提出那个版本的可能性就是非常卑劣的行为，而索尼娅也不相信是妈妈杀死了猫咪，尽管她相信妈妈的确有那个能力。"对她而言，全家人的生存即是全部，她对其他东西都漠不关心，甚至充满了厌恶。"那也是索尼娅的问题所在。她依然满怀期望,询问什么时候可以重返学校。但母亲却用含糊且拖延的答复来回避那个问题,时间就那样流逝,一个月又一个月,直到某天母亲开始谈论起一个她刚认识的年轻人,一个非凡出众的年轻人(她就是用的"非凡出众"一词,那个闻所未闻的词让索尼娅和安德烈娅惊愕不已),母亲开始列举他的优秀品质,数不尽的品质,有责任心、认真、可靠、非常有教养、相貌端正、和蔼、优雅、快乐、慷慨,从那时起,她一有机会就会谈起他,称赞他,颂扬他,在回想起那个令人钦佩的男人时甚至连她的声音都会发生改变,以至于两个女儿(尤其是安德烈娅)也开始对他产生兴趣、提问题、做调查,安德烈娅甚至在想象中把他跟父亲以及"伟大的彭塔波林"进行对比。索尼娅记得非常清楚自己询问母亲他叫什么名字的那一刻。她们俩在杂货店里,母亲以一种从未有过的紧张和温柔看着她,两眼放光地说出"奥拉西奥",接下来是一阵沉默,满溢着那个甜蜜、卓越且无与伦比的名字所带来的魔力。

7

"我昨天晚上给你打了四五次电话，你都占线。"加夫列尔说。

"我在跟索尼娅打电话。"安德烈娅说。

"嗯，她跟我说了，你们在通话。"

"那你为什么还问？"

"真可怕。她总是针锋相对。无论你说什么，或者是沉默，她都能从中挑刺。"

"你知道她是什么样的人，"奥萝拉说，"不明白你为什么会奇怪。你是怎么回答她的？"

"没什么，我还能怎么回答。我问她怎么看待给妈妈举办生日聚会这件事。"

"她怎么说？"

"她说不错，仅此而已，居心叵测地让语调显得十分简洁，为了让听者能够领悟到聚会带给她的所有不悦和怀疑。"

"八十岁呢!"加夫列尔说。

"我是没话找话说,为了打破一点儿也不让她难为情的沉默,随便找话来说,因为最后一个说话的人是她,原则上现在轮到我了。"

"时间过得真快! 童年仿佛就在昨天。"

"而我依然是个孩子,"安德烈娅说,"如果一个人的童年很早就被剥夺掉,长大后的某一刻,他会对自己说,会对自己发誓:我不要再一次长大。我没有再一次成为大人。我依然跟那时候一样,那时候的我以为自己永远都不会死。"

"你知道的,那些东西她常常挂在嘴边,我觉得都是受摇滚乐的影响。摇滚乐一直都是她最佳的精神食粮。记得她有一次对我说过'你永远都活在当下,正因如此你会很快凋萎',我觉得那句话也是从流行音乐里引用来的。于是我意识到她正在为我铺下一个陷阱,让我们俩看待世界的方式进行对峙,齐柏林飞艇①对阵康德②,或是类似的对阵,于是我称赞了她的话,对她说没有什么比通过孩子的眼睛更好地了解和发现世界的方式了,然后随即问她最近怎么样,在邮政支局的工作还好吗。"

"不错。"

---

① Led Zeppelin,英国硬式摇滚乐团,1968 年成立于英国伦敦。
② Kant(1724—1804),启蒙时代著名德意志哲学家,德国古典哲学创始人。

"同事们怎么样？"

"不错……"

"说到那儿，她的劲头上来了，摒弃掉她的讳莫如深——说到底，她也想将它摒弃。"

"尽管跟邮局比起来，我更更更情愿在北极某艘捕帝王蟹的渔船上工作。邮局的同事们很八卦。一整天都在用手机窃窃私语、交头接耳。有时候他们把脑袋埋在一起，发出含糊不清的声音，接着所有人同时向后仰，像自鸣得意的小老鼠一样齐声大笑。吱吱吱，他们发出那样的声音。我想象他们在谈论我、笑话我、嘲笑我的怪癖，但我一生中已经饱受他人的评判，我早都不在意了。"

"唉，真抱歉，但你做得对，因为……"

"你别为此感到抱歉，"安德烈娅打断了他，"因为我以自己的方式过得很幸福。我的生活很充实。"

"我知道她其实想说的是她并不需要我的建议和理论来获得幸福，我真希望她说的是实话。真希望她过得幸福。为了继续捣搅伤疤，她说真正的幸福只能在最深的痛苦中找到，一个人只有在那里才能学会真真正正地去爱他人。"

"但我爱他人并不是因为上帝或其他信仰，"安德烈娅说，"上帝没有给予过我任何援助。我不相信任何宗教，我不想让别人来告诉我死后会去往何处。"

"于是她大致跟我讲述了我已经知道的事，她说她是动物和生态保护者，在医院和孤儿院当志愿者，她相信天然药物，会去听音乐会，去徒步……她真正的同事并非在邮局里，而是其他一些迥异的人，濒临极限的人，跟魔鬼一同骑在马背上的人，从地狱归来的人，当过阎罗王的人……她就是那样讲述那一切的，用那样的语言，让我明白她所经历的才是真正的生活，第一手的生活，而不是像我一样，我只知道阅读、教书和哲学，骄傲地蜷缩在自我之中，藏匿在理性中，背对着世界和人们的痛苦。"

"你别跟她较真，"奥萝拉说，"你应该也听听她的道理，她的演说。事实上，你也在她说的每一句话中挑刺。"

"有吗？我不觉得。问题在于跟她谈话太艰难了。你去问问索尼娅，问问妈妈。她总是和一切作对。"

"她想要怎么想，就让她怎么想吧。如果那样能让她幸福……"

"但很有意思，因为她一方面在我面前宣称生活幸福，但却同时需要我明白她也很不幸，她不幸中的很大一部分，原因在于我。当然了，除了妈妈以外，我猜应该还包括索尼娅。她需要随时随地提醒我这一点，从而享受我的内疚。正因如此，跟她谈话才会那么地荒谬，那么地让人疲惫，因为她总是马不停蹄地从幸福跳到苦难，从田园诗跳到悲剧，而你却什么都不能对她说，没有出口，因为假如你为她的不幸而痛惜，她会马上愠怒，质问你是不是怜悯她，告诉你她以自己的方式是世界上最幸福的人；而假如你称颂她的幸福，或者为她遇到的什么好事而感到高兴，她也会立即生气，通过各种方式让你明白她有多么不幸、多么孤独，从童年起她的生活就是多么坎坷。她十分喜欢争辩，如果她赢了，很好；但假如她输了，也不错，因为不管如何，她永远都会是最终的赢家，无论是以受害者还是胜利者的身份。"

奥萝拉聆听着，沉默不语，心领神会，她聆听的方式是如此温柔，仿佛能够减轻所有人的痛苦，平定分歧。

"她跟我说完那番话，然后突然沉默了下来。她在那一刻意识到她在颂扬自身的幸福方面走得有些太远了。大片阴沉的乌云开始在沉默中浮现。"

"对了，索尼娅跟我说你是素食主义者。"加夫列尔说，他在寻找一条中间的、稍微好走一些的路。

"不是素食主义者；是绝对素食主义者。不是一回事。"

"噢，我不知道你是绝对素食主义者。"

"那是因为你从来没有问过我。或许是因为你不记得了，因为我跟奥萝拉说过，我不相信奥萝拉会从没跟你提起过。奥萝拉真是个讨人爱的女人。"

"有可能。她可能跟我说过，但我却不记得了。"加夫列尔说。

"我那样说，是因为我真的不记得了，但也是为了避免跟她争辩，同时也是出于一丝报复的心态，因为她不喜欢别人跟她唱反调，但更不喜欢别人把她当成傻子似的对她随声附和，仿若施舍一般。于是，她决定开启另一条辩论的阵线。"

"我不吃无辜的肉，"她说，"我了解一根香肠背后的地狱。我知道你对动物漠不关心，但我只吃蔬菜，而那也是因为我没别的办法了。对我而言，大自然是非常神圣的。绝对素食主义者并非意味着只吃水果和蔬菜；绝对素食主义者是一种生活方式。"

"说到那里，她沉默了好长一段时间，宛若即将到来的某个东西的前奏。"

"是一种哲学。"她说，仿佛将那个词抛向空中，从而在尾随而至的沉默里获胜。

"我知道她想要做什么，安德烈娅从很早起就一直想要达到那个目的：激怒我。对她而言，那的确会是一场胜利。让我失去理智，大吼，谩骂。因为她认为（索尼娅也那样认为）我所谓的幸福不过是三个原则，它们一个比一个简单：活在当下，只靠你自己来获得幸福，不为挫折所动。她们俩把我的信念简缩成那样，仿佛我从来都没有过不确定、没有过绝望似的，事实上她在一瞬间确实激怒了我。"

"我也热爱大自然，我并非对动物漠不关心，"加夫列尔说，"我十分清楚，是痛苦将我们联结在一起，让我们变得平等。"

"你瞧，我在说那番话的同时，就已经猜到安德烈娅会怎样反驳我了，于是我愈加愤怒，但不是对她，而是对我自己，我给她铺了条那么容易的报复之路。"

"但你喜欢斗牛，"安德烈娅说，"观看人们如何折磨一头单纯无辜的动物让你感到愉悦。因为单纯也是神圣的。单纯能宽恕我们的错误。我知道妈妈也喜欢斗牛，有时候你们俩会一起去斗牛场。你们一定打扮得像去参加婚礼一样。两个人坐在那里，欢笑，鼓掌。仿佛你们就在我的眼前。一场凄惨的婚礼。好吧，你们的良心只有你们自己知道。当然了，别指望我会拿着我的刀为你们切结婚蛋糕。"

"你现在明白我为什么很少打电话给她了吧？她给你打电话时，都跟你说些什么？因为你们经常通话。"

"偶尔。她打电话向我倾诉，"奥萝拉说，"她跟我说的事你大多都知道。"

"那你说什么？"

"我听她说，尽量理解她。她是个好人，在内心深处，她是个单纯质朴的人，她这辈子命不好。"

"也许是吧，但她也没做出过多少努力来改变她的命运。对安德烈娅而言，她的不幸永远都是他人造成的。真正命不好的人是索尼娅。她的确是个受害者。"

"然而，按照安德烈娅的说法，索尼娅是三个人里面最幸运的，因为她得到了奥拉西奥。"

"真是胡说八道！她住在幻想的世界里，根本没办法和她讲道理。"

"我们每个人都会对自己的生活加以创作改编，只不过一些人编得多一些，一些人收敛一些。要是你能时不时跟她聊聊天，也许你们俩最终可以理解对方。安德烈娅需要他人的爱。"

"但她明明不让别人爱她。况且她真是令人难以捉摸。索尼娅曾说过，安德烈娅拥有瞬间性的执着念头，我认为那个定义很精妙，你不觉得吗？瞬间性的执着念头。"

但奥萝拉却没有回答。她咬了咬嘴唇，出神地思考着那个定义也可以放在加夫列尔的身上，甚至可能比放在安德烈娅身上更恰当。

"但我觉得给妈妈庆祝生日的点子真是棒极了，"安德烈娅说，"跟我一样，她的童年也非常不幸，过早地失去了对自己的控制。妈妈让我感到难过。真可怜，可怜的妈妈！"

"她也许的确犯了些错误，"加夫列尔说，"可她所做的一切都是为了我们好。她从来都没有过恶意。她以自己的方式，是一个透明的女人。"

"她透明？我才是透明的。我像一本翻开的书，尽管很脏，很破，被雨水浸湿了。你记得妈妈做的面条汤吗？"

"记得，你不喜欢喝。"

"太恶心了。有一股羊臊味，仿佛连毛都看得见。而且妈妈还会大声喝汤。如果说有什么让我厌恶的话，就是大声喝汤的人了。"

"我记得她喝汤的样子，是的，她夸张地用指头夹住鼻子。妈妈有一次扇了她一耳光，对她说：'你不想喝汤吗？很好。别吃了，但那是你全部的晚餐。'"

"那种对食物的癖好每个家庭里都有。"奥萝拉说。

"妈妈是享乐的敌人。"安德烈娅说。

"对话在那一刻再次陷入了僵局，我们俩谁也不知道该说什么。我恨死了那种沉默，对话双方都下不了台，仿佛突然脱光了衣服一般窘迫。"

"昨晚索尼娅挂断了我的电话。"安德烈娅终于说道。

"为什么会挂你的电话？难道你们又吵架了？"

"啊，这你得问她了。我只不过问她奥拉西奥会不会参加聚会，于是她就挂断了电话。在毫无预告的情况下突然从绿灯变成红灯，我挂在嘴边的话都还没说完。"

"真奇怪，因为索尼娅对我说她不介意奥拉西奥也参加聚会。"

"可奥拉西奥是一定要参加的呀。他是家里的一员。更准确地说，他比我们每个人都更像家里人。罗伯托也会参加吗？"

"不，罗伯托不会。"

"你见过他吗？他是个什么样的人？"

"我只知道他是心理咨询师，离异，有一个儿子。索尼娅跟他在一起很幸福。你知道的，他们要结婚了。"

"噢，我明白了。人们离了婚，之后再次结婚，是因为他们没找到真正的爱。几乎所有人都带着骗人的吻相爱。人真是蠢，而没有哪类愚蠢是单纯的。你呢？你幸福吗？我想问的是，你依然和从前一样感到幸福吗？奥萝拉是不是跟妈妈一样，也把面包尖留给你？"

"我没回答她，不想回答。我开始感到有些愤怒，还是不要顺着她说下去的好。你瞧瞧她都记得些什么，竟然记得妈妈把面包尖留给我。"

"因为你从来都很幸福。从小就拿着你的小汽车和牛仔过得很幸福。你从来没失去过对自身命运的掌控。你学了想学的专业，去了伦敦，考上了公务员，然后认识了奥萝拉，一个无与伦比的女人。要不是因为阿莉西亚的事，你将是世界上最幸运的人。当然了，你很会控制痛苦，不是吗？"

"我天生就幸福这件事是你和索尼娅编造出来的，跟其他许多事一样。"加夫列尔语气犀利地说道。

"其他什么事？我编造了什么？"安德烈娅大喊道。

"她的声音在颤抖，不知道是出于恼怒还是被她对我说的话吓到了。"

"不必太在意安德烈娅说的话，"奥萝拉说，"她想到什么说什么。"

"比如你说我不会感到痛苦，"加夫列尔说，"说我不会因痛苦而受伤。你怎么敢说这样的话？你以为我是谁？"

"然后她就沉默了，藏在沉默的最深处，在那一刻，能听见一些来自远方的微弱的噪声，像一阵呻吟，又像某个人在梦呓。"

"对不起，"她终于说道，声音非常细弱，"我没权对你说那样的话。我不值得被原谅，但我请求你原谅我，看在上帝的分上，请你原谅我。"

"我当场就原谅她了。我对她说没事，我已经忘记了，那不过是随口说出的话，并不是有心的。"

这一次奥萝拉什么也没说，她再度陷入沉思，困在某个不确定或是不成熟的念头里。

"但安德烈娅理所当然地不会甘心成为对话中的失败者。于是她对我说，就像她承认了自己的错误并请求了我的原谅一样，我也应当承认她的生活从来都很阴暗，永远看不见阳光。"

"你是学哲学的，十分了解幸福，应该知道我的生活，跟其他人的生活一样，与其说是生活，不如说是苍白的死亡，仅此而已。"

"她总是喜欢用神秘兮兮且不容置疑的词语，因为没人能对那所谓的苍白的死亡做出反驳。接着，她说道：'有时候痛苦是如此甜蜜……'在那一刻，我真正被打动了，感受到所有对她的爱，从未能够对她表达的爱，从未对她、对索尼娅、对妈妈表达的爱。从远方再次传来微弱的噪声，仿佛一只在深夜劳作的蛙虫。我听见她擤鼻涕，在我们就要告别时，她突然说……"

"你最近浏览过我的脸书页面吗？"

"我以为我们又会以争吵结束对话，因为我很多年都没去看过她的页面了。但也是因为安德烈娅已经好多年不在那里发表任何内容了。哪怕是一个表情或点赞也没有。什么也不发。脸书也是她瞬间性的执着念头之一。"

"可是你都很久没用脸书了。"

"是啊，"安德烈娅说，"可是万一我写了什么呢？万一我更新了呢？"

"我真想挂断电话，像索尼娅那样——按照安德烈娅的说法。但最终我们互问了一番彼此的近况，让言语带着自身的重量陷入沉默之中。我仍然能听见那阵神秘的噪声，当我挂掉电话时，我抑制不住地为挂断电话而感到内疚，尽管对话显然已经走到了尽头。你怎么看？"

奥萝拉什么也没说。她好像走神一般，努力做出一个悲哀的微笑，最终用虚弱的声音说道：

"我不知道……真令人疲惫。你们应当把过去放在一边，别再把它翻来覆去……也许你母亲说得对。别搞聚会了，万一聚会之后真的会迎来不幸呢？"

8

是过去什么样的阴暗事件滋养了索尼娅和安德烈娅对加夫列尔的敌意？奥萝拉不得而知。她凭直觉感知到什么，但她不确定。也许是某个遥远模糊的东西，就连她们俩也不清楚。她记得自己刚跟加夫列尔结婚没多久，索尼娅和安德烈娅大概就立即发现了她包容友善的性格、她的温顺以及保守秘密的天赋，让她能够聆听理解他人的故事，把它们当作自己的故事一样，因为她们俩很快就开始向她讲述她们生命的片段，越来越多细节，越来越深刻，越来越有所企图，越来越畅所欲言，也越来越不感到难为情。当然，她们对加夫列尔充满了爱和崇拜，那是肯定的，但一旦庄严地宣告了开始，她们很快就开始时不时地插入一句充满影射的评论，一句刚说出口就因后悔而昏厥、在沉默中留下谴责的回声的话，一件尽管看起来模棱两可或奇怪地揭露出什么的琐事，被她们越来越若无其事地暗示出来，总是以坦诚作为保护，作为托词，她们说，或许加夫列尔并不是表面看起来的那副模样，不完全是那样，在他的内心有一个虚伪、做作甚至是欺骗的深井。当然了，她们的原话并不是那样说的，只不过是一个暗示罢了，一个她们俩首先为之感到惋惜的假设。接着，她们急忙宣告饶恕他，因为也许加夫列尔也以他自身的方式是一个受害者，很有可能连他自己也没有意识到自身性格中的那个小缺陷。当然了，跟他善良的性格和令人称赞的品质相比，那根本算不上什么。

就那样，饱含影射性的词语（自我崇拜、骄傲自负、个人主义、麻木不仁、忘恩负义）渐渐出现，它们像鱼刺、小骨头、果皮和其他垃圾一样，被小心翼翼地摆在盘子边缘。她们也会说："加夫列尔生来就是个哲学家，天生就那么坚忍克己""加夫列尔是为了幸福而生的""从小就能看出他只需要自己，不需要靠他人""与实实在在地生活相比，加夫列尔更喜欢做关于生活的梦""加夫列尔住在一间贴满了镜子的房间里，他只看得见他自己""加夫列尔是来这个世界度假的"，她们像谈论某个众所周知的事实一般说出那番话，仿佛那一切很显然，不需要做过多的解释。难道他的内心没有某个昏暗偏僻的东西？他不也有时候会用一种亲密的语调长时间地谈论他自己、他行为和思考的方式吗？然而那言语堆起来的篝火几乎不会散发出任何热量，也根本无法打动听众。"他永远都有道理，是的，但他从不说服他人。"她们说（而且一遍遍地重复），加夫列尔一直都过得不错，她们说那句话的语气像是指责，仿佛他的福祉是以她们——以她们的不幸——为代价建立起来的。在她们的记忆里，他从小就是个模范小孩，后来成为一个模范少年，从来不曾体会过青春期特有的痛苦情怀——每个人都在青春期里歇斯底里地寻找被世界认可的存在方式。他没有，他从来都置身于那些人类共有的情感之外。她们所暗示的加夫列尔身上的那些毛病和过错，她们也在彼此身上暗指过，因此，除了叙述者本人，没有其他人是完全可信的。"事情就是那样，"她们说，"我们每个人都有缺点。""为什么要自欺欺人？""我们已经长大成人，应该能够面对谎言了。"

随着时间的流逝，奥萝拉不知道该如何看待加夫列尔。事实上她从未真正了解过他，也没有想过要了解他。为什么要了解？他们相识，相互喜欢，在公园和咖啡馆度过了许许多多个下午，某天，他们手牵着手，入迷地盯着彼此的眼睛，在一瞬间决定一起走完今生的道路……那即是全部。奥萝拉喜欢加夫列尔散乱的深色头发，他貌似漫不经心的穿着，他消瘦的脸庞，他的微笑和薄嘴唇，尤其是他从容不迫的举止以及极具说服力、让人镇定的声音。他从不发火，也不会失去耐心。在说话的时候常常抚摸或玩弄身边的物品。他的手很巧。会用手指肚像转风车一样转动圆珠笔，也会用硬币变魔术。尽管他讲起话来很严肃，带着说教的语调，但在他的内心深处却有某种天真、幼稚的东西，那也是她喜欢加夫列尔的地方。他用严肃镇静的声音跟她讲述他的事——也即是说，他的哲学，他理解生活的方式。

如今，她已经聆听了那个声音二十年了，她再一次问自己加夫列尔究竟是个什么样的人。并非是为了找到答案，而是为了确认自身的惊诧：跟一个自己也许根本不了解的人生活了这么长时间的惊诧。或许加夫列尔是个解不开的谜，又或许不是。或许当他的存在像经历了一场战役后的战场般被展开时，可以用指头指出所有梦想、成就、努力、壮举、怯懦和失败形成的地貌，发现那不过是个简单甚至平庸的存在，就像许多人以为自己的生活很有趣，充满了插曲和想法，但却在多年后，在做总结的时候，发现自己没有任何属于自我的想法可以表达，没有任何冒险可以向人讲述。也许一切都像母亲说的那样。她说他从来都是个好儿子，勤奋，听话，有责任心，容易满足。那即是她为儿子绘制的完整的心理肖像画，又或许真的没什么好补充的。

"我的哲学很简单，"他在头几次的约会中对她说，"我只不过是将我最喜欢的经典哲学家的想法誊写了一遍。"他向她讲述哲学是如何进入他的生命中的。在青春期，大概十五六岁的时候，他从哪儿听到还是读到，或是自己感悟出，生命的终点永远都是失败。永远都是，毫无例外。因为到了最后，所有人都会变老，死亡，无法实现梦想。他把它看得那么简单。那个发现一方面让他充满了焦虑，但同时也私底下带给他慰藉和欢乐。他决定把那个想法据为己有，把它视作珍宝，变成信仰，永远带着它生活。那想法是个舒适且安全的庇护所。在确信会失败的情况下，全世界所有的诱惑和承诺都像海市蜃楼一般消散，所有的光泽和音乐都黯然失色，销声匿迹。对于一个刚刚开始体验青春期的不确定和痛苦的年轻人而言，那的确是一个天佑的发现。

世界在被一道坚定且明亮的轮廓简化后，突然获得了一种确切透明的含义。漂亮的女孩子、金钱、摩托车和小汽车、名牌、昂贵且充满诱惑性的服饰、出人头地的欲望，所有那一切，那么热切渴望的，那么想要成为世界上的佼佼者，突然之间变成了类似于征服者用来迷惑土著的小镜子和玻璃珠的东西，他们用那些东西来骗取真正的黄金——那些土著所拥有但却不自知的宝藏。此刻，他能够深刻理解勾引水手又将之灭顶的美人鱼的传说了。但无论是乐曲还是便宜货都无法迷惑他。他感到自己很强大，很自由，是自我的主人，能够蔑视任何人，因为他已经不需要任何东西、任何人来获得幸福，拥有安宁和睦的生活；他有自己就够了。现在的他像个君王一样行走在世界上。因为那就是他的身份，一位君王，他视线所及范围内的主人和首领。他看着人们，商人，机修工，那些急匆匆办事的人，老师，爱人，看着每个人在忙活着自己的事。那一切都是为了什么？如果存在的大楼最后会在一瞬间彻底坍塌，为什么还要那么操劳？那即是世界，世界的场景和本质，像教学插图一样展示在他的眼前。他需要那样一个东西，从而让他的船只——他的生活——停泊在某片祥和的海面。他几乎在不自知的情况下，在还没有读过那些后来成为他的导师的哲学家的情况下，开始发现怀疑主义的乐趣以及禁欲主义甜蜜的肃穆。

从那时起，他就决定把生命献给哲学，尽管他完全可以选择任何一门行业，因为他在世界上的地位已经确定了。他钻研哲学，在阅读和学到的所有内容里，他都能验证自己最初感悟到的想法，正如索尼娅或安德烈娅以她们的方式越来越确认的念头一样。于是，他需要塑造自身的性格，为命运指引决定性的方向。

他用冷静、极具说服力的声音，以及仿若在空气中演绎或雕刻演说的姿态，向她讲述一个人为自己铺设的诸多陷阱，直到他被困在里面，造成自我的堕落。"因为让人们陷入不幸的是欲望。但并非是对这个或那个东西的欲望，而是为了欲望而产生的欲望，纯纯粹粹的欲望，那种欲望有时候根本不知道自己想要的是什么，而只是一种盲目专横的力量，仿佛一道拉紧的弓，它的箭永远不会射出。"是的，就是那么荒谬。总是那样，总是追着影子奔跑，永不停歇，一些人对另一些人说，又或者是每个人对自己说道："再坚持一会儿，因为也许在那座山丘的背后我们就能终于找到苦苦追寻的东西。"他抚摸着身边的物品，餐巾架、白糖、杯子，仿佛这就是欲望，就是那座山丘，是不知疲倦地前行的我们，因那个模糊的渴望而失去理智的我们。他还会举例。"假如伊卡洛斯①抵达了太阳，会怎么样？他会停留在那里吗？肯定不会。"奥萝拉作为他的同谋，也否定地摇了摇头。"他一定会努力研究，如何才能继续往高处飞，永远都想要飞得更高。"而巴别塔呢？是不是通到天上人们就会满足了呢？正是那种令人痛苦的不满足激励我们、导致我们永生担负起生活的重量，因欲望而失去理智，成为渴望的奴隶，而不愿意去理解其实每一个地点都是前往另一个地方的途经之地，生命中的每一条路最终都指向死亡，只有在那里我们才能找到真正的家园，在经历了疲惫不堪的旅行之后在那里休息。就那样，一个世纪又一个世纪，在那番场景的不幸面前，人们用意味深长且同情的目光将彼此的沉默联合起来。

"即便我们屈从命运，战胜欲望，获得了平和的溪流，也没什么用，因为那样一来，忧郁就会出现在我们面前，对生活的厌倦也会随之而来。"我们不再是斗士，也不是猎人，在我们毫无意识的情况下，脸上的特征会消失，我们会变得丑陋且面无表情，无论遇到任何情形，我们都只会撇撇嘴，仿佛被阳光照得目眩头晕，我们很快就会养成某种慢性嗜睡症，濒临深渊的轻微的打盹儿。我们已经不是孩子了，不抱其他目的、只因为生活本身的美好而活着的田园诗年纪已经离我们远去。母亲已经不会在我们进入梦乡前亲吻我们了。现在，妖怪是真真

① 希腊神话中代达罗斯的儿子，与代达罗斯使用蜡造的翼逃离克里特岛时，因飞得太高，双翼遭太阳熔化跌落水中丧生。

正正地来了，现在，噩梦攻击我们，抑或我们会在夜晚的深邃中失眠，向自己提出愚蠢的或是重要的问题，一并提出，但无论如何，它们都是阴暗的、没有答案的问题，因为很快我们将面对宇宙的无边无际，但也会面对早餐是否还有苦橙果酱的疑虑，而那两座恐惧的喷泉来自同一个源头，它们的泉水汇聚在唯一一股愤怒的洪流中。而那还是过去的怪物尚未出现的情况。过去的怪物更加恐怖，那个消瘦的爱做梦的年轻人，那首我们曾如此喜爱的歌曲，那首歌如今只剩下零星几句歌词和音符，我们曾在某个遥远的春风沉醉的夜晚、在香气迷人的昏暗中就着它起舞……还有更早的时期，孩童奔跑的快乐，无止尽的炎热下午，花丛里的小径，完好无缺的梦想，口哨和欢笑，狗叫声，耳边的窃窃私语……"因为加夫列尔也会感动，也会在他的哲学中掺入柔美的痛楚……"于是，黎明叫我们感到恐惧，"他把手放在奥萝拉的手上，"如此令人畏惧的起床的时刻，我们将再次挑起新一天的包袱，再次带着那无法克制的欲望，想要看看在山丘后面藏着什么……"而他那番反对人们徒劳地追求不受约束的欲望的话语却时不时地获得一种饱受他鄙弃的激情。

那即是他关于人和生活的信念。奥萝拉聆听着，以唯有她擅长的方式聆听，与此同时，他逐渐被困在那个如此温柔、如此舒适的线团中，很快，那些高谈阔论（一位演讲者面对着一位听众）变成了一场蒙着面纱的爱的演说。比如，当加夫列尔谈到叔本华或斯宾诺莎时，两个人都怀疑他们在谈论别的东西。当加夫列尔停止演说时，两个人会陷入同一道沉默之中，一起分享它。是的，生活是残酷无情的——那道沉默好似在说——，但同时也是美好的，成为世界的一部分、在一起生活很美好，看着彼此，相互微笑，不期待任何比已经拥有的更美好的事物，既不紧张也不痛苦地看着下午的时光如何流逝，感悟幸福，感悟夜晚令人不安的承诺。

而关于索尼娅和安德烈娅，加夫列尔记得自己还在青春期之初，刚刚隐约瞧见生存的阴暗本质时，就更加能够理解她们，并同情她们。他理解她们的怒气，她们的挫败，她们尽管夭折却依然维系在心里的计划，但在他看来，那些东西都不如人类无法避免的本性重要：心怀梦想，成为那个梦想的奴隶，而那个梦想只会带给我们废墟的残渣以及无法肯定的尊严。

索尼娅和安德烈娅也记得加夫列尔的性格突然发生的改变，但她们把它看作是愚昧且狂妄的标志。"他突然开始像律师或神父那样说话，从咽喉发出声音。"索尼娅说，"真的，奥莉，我不知道他是如何做到的，比如在说到'历史—社会的'一词时，他可以把连接符号也念出来。""我们故意招惹他，他却保持镇静，像英雄一样。我们掐他，他也能忍耐住，根本不会抱怨。"而且他总是提起那些老生常谈：不能过度地沉迷于希望或幻灭，不要害怕未来，也不要怀念过去，面对不幸和痛苦需要保持漠然，要学会在孤独中生活，不能在金钱、名誉或任何来自外部的事物中寻找幸福，亚里士多德曾说过："幸福属于那些靠自己的能力获得满足的人。""在我看来，他所谓的在自身寻找庇护、不在乎其他一切的理念，真是既舒适，又认命。"安德烈娅说，"你不觉得吗，奥萝拉？你不觉得我们应该对世界上的不公正和苦难做出反抗吗？"

但奥萝拉却很喜欢他的思考方式。怎么说呢？在他身上有一种孩子般的纯粹，或者说是天真，她以为跟他一起生活会很容易。她那时很年轻，也很漂亮。十分怕冷。她的皮肤柔嫩，呈微微泛白的粉红色。她是独生女，父母住在北部的一个小村庄。她并不是特别腼腆，但当她微笑时，会随即腼腆地咬住微笑。她也喜欢孤独，也没什么特别大的抱负。她整个人看起来有些悲哀，是的，但那是一种没有恶意的悲哀，可以跟任何希望共存。某天，加夫列尔把手臂放在她的肩膀上，她依偎在他的身边，感到很安全，很受保护，全世界的危险都无法伤害到她，于是，他们就那样继续前行，不仅前行在街道上，也前行在生命和时光象征性的道路上。

在聊完哲学以后，他们愉快地开始对临近的未来做出规划。加夫列尔将成为高中老师，奥萝拉则在小学教书。他们俩都喜欢小说和电影。他们将一起旅行。也许会有孩子。但最重要的是在一起，那就够了。他们永远、永远都不会向生活索要超过生活所能给予他们的东西。

在很多年的时间里，奥萝拉聆听着加夫列尔关于哲学的演说，刚开始的时候带着钦佩，后来则带着孩子们（有时候也会发生在成年人身上）聆听已经熟知的古老且有趣的故事时的那种兴致。但在某些时候——她现在回忆起来——她好似能够听见那栋由言语组成的建筑框架的深处发出的轻微的嘎吱声，仿佛在宣告着建造中的瑕疵、材料的老化、功能的过时，或许还有——正如索尼娅和安德烈娅已经提醒过她的那样——某个声调的走音，流露出一丝做作、虚伪甚至是欺骗。不，他并非像声音和神情所表现出来的那般沉着与和谐，假如她深入回忆，能够记起在刚认识的时候他的身上就存在着某些她在当时不知道该如何解释的迹象（让他的鼻子像兔子般皱起的轻微的抽搐，突然粗暴地改变坐姿，焦虑时用不安的双手弄坏物品）。她怎么没在一开始就发现他性格中的某些东西，那些住在他后屋里的令人不安的幽灵？

　　傍晚仿佛停滞在笼着一层金雾的昏暗之中。她坐在教职人员的座椅里，一只手肘放在桌上，脸颊被手掌压着，聆听回忆对她讲述的故事，那些关于过去的碎片，她不知道该如何安置它们才能从中获得某种含义，将它们拼合起来，让她明白自己过去的生活是什么模样，以及此刻应该对未来抱有什么样的期待。假如她身边有一个可以倾诉的人，一个听她讲述、欣喜地接受她的话语的奥萝拉，也许她能够明白些什么，或者至少能够一吐为快，减轻这个已经在她体内腐蚀了她很长时间的痛苦。她看着挂在墙上的五颜六色的图画。"孩子们也有自己的故事，以他们的方式，用线条和满是错误的句子来讲述。"她心想，他们是如此天真，如此急切地想要面对世界和岁月的暴行，她感到痛苦刺扎在她的体内，于是闭上双眼，努力抑制住情感。

她的手机响了。

"你在哪儿？在干吗？还好吧？"

"嗯。在批改作业。阿莉西亚怎么样？"

"很好。我晚餐给她做煎蛋和薯条。你什么时候回家？"

她陷入长久的沉默。但此刻的沉默已经不同于从前的沉默了。在从前，言语避免说出来的或是忘记说出来的东西，都可以通过沉默来表达，像无忌的童言或多嘴的鹦鹉一样；然而现在却完全不同了，现在的沉默缺乏生命力，不对说出的话做任何补充。沉默是如此地粗鲁、如此地稠密，即使连俗套话或搪塞之词都无法穿透它。换作在过去，奥萝拉会问他工作怎么样，然后顺着那个话题把谈话继续下去，那种对话没什么实质内容，但却能确认习惯的连贯性和亲密性，以及正常关系的维持。但她已经再没有心情去询问他，更不想听他叙述任何事，即便再简短也罢。

"我需要跟你谈谈，有好消息跟你说。"加夫列尔说道，声音里带着戏剧性。

"好啊，好啊。"奥萝拉说道，继而制造出一个最终的沉默，甚至不需要用"再见"来告别。

9

　　"我想告诉你一件我从未告诉过任何人的事，"安德烈娅在很久以前的某天对她说，"我在认识奥拉西奥之前就爱上了他。我一下子就爱上了他，并从此一直爱着他。他让我失去理智。现在你知道我的大秘密是什么了，它也是我生命中的大悲剧。"

　　她是一边听着母亲谈论奥拉西奥一边爱上他的，看着母亲在提到他的时候两眼放光，看向高处，看向回忆和想象在空气中绘制出来的完美容貌，她在讲述时如此满怀热情，以至于安德烈娅也仿佛能看见奥拉西奥的容貌，当她闭上眼睛时，那个容貌依然牢牢印在她的脑海里，很快，她发现自己心里完全只想着奥拉西奥。"奥拉西奥！"她对自己说，"我觉得自己在听见他名字的那一刻就爱上了他。在我听见他的名字时，号叫响起，开始出击。"她从没见过母亲两眼放光，也没听见过那些她从未用过的罕见词语从她的嘴里念出来：精致、优雅、风范、魅力、温柔。那些充满魔力的词语、那些尊贵的宾客来自什么奇怪的地方，又为什么会来拜访她们？安德烈娅的眼睛痴迷地盯着空气中那个模糊的点，整个脸庞都散发出一场不可言喻的梦境所激起的情感。她永不疲倦地询问着关于那个非凡人物的方方面面，他梳什么样的发型，最喜欢什么颜色，喜欢音乐吗，会跳舞吗，他的嗓音是什么样的，穿什么样的衣服，他的笑容，他的表情，他的举止。她想要知道关于他的一切。一切。"从第一秒起，我就知道那是我生命中的男人，那个我甚至在还不懂得什么是爱的时候就一直梦想着的男人。"

不为安德烈娅所知的是，那些关于情感的报告并非是汇报给她的，而是给索尼娅的，只是给索尼娅的，她不过是听众罢了。然而，索尼娅却几乎不怎么留意母亲的话语。"我以为是她自己的事，关于她护理师的工作，跟我没什么关系，尽管她不断问我：'索尼娅，你在听吗？''索尼娅，你觉得怎么样？''索尼娅，你难道不想认识他吗？'在任何时刻，无论是在家里、杂货店还是走在街上，当我反应过来的时候，她已经又在谈论那个男人了，那个叫作奥拉西奥的男人，甚至在我学习的时候，她也会随即带着她的老生常谈出现，一而再再而三地，用十分甜蜜的声音（那声音跟她毫不相配，听起来非常虚伪），谈论起我已经听过上千遍的内容。"

"你从来没有疑心过吗？"奥萝拉问道。"从来没有过。我在那方面太像个小孩儿了。我才十四岁。一心只想着我的英语，想着为重返学校做好准备。"

于是，她依旧对那些陈词滥调漠不关心，直到某一天母亲（毫无疑问，她像把最好一张牌留到关键时刻一举赢下游戏的玩家那样，一直等待着那个时机的到来）对她说（故意轻描淡写地说道），奥拉西奥拥有一家非常大的玩具商店，一个人住在一套非常宽敞的公寓里，其中有一个房间，最大的那一间，全部用来放置玩具，仿佛玩具博物馆一样。那里有各种各样的玩具，古老的和现代的，成千上万个玩具，玩具是他最喜欢的东西，因为尽管他是个成年人，尽管他十分严肃认真，但在内心深处他还是个孩子。在那一刻，索尼娅的确听得很仔细，但并不是因为奥拉西奥，而是由于那些玩具以及对童心未泯的影射。

后来，随着时间的流逝，她明白了事情的来龙去脉。母亲从好几个月前起就每天去给奥拉西奥打针，为他注射维生素，因为他患有贫血症，他们就是那样认识的。他的确是一间很棒的玩具店的老板，有六七名雇员，而且从父母那里继承了一套非常大的老公寓。聊着聊着，某天奥拉西奥告诉母亲，他一生中最大的心愿即是认识一个合适的女孩子，一个年轻单纯的女孩，跟她结婚生子。因为假如说他对什么东西的爱胜过对玩具的喜爱的话，那就是孩子了。"孩子是大地的盐"，他常常说道，而母亲则时不时地想起索尼娅。

"剩下的你就可以想得到了。"索尼娅说。母亲开始抱有希望，想到假如索尼娅与奥拉西奥结婚，将会给索尼娅、给全家带来许多好处，而且仅仅是认识他、他向她吐露心声这个事实就相当于上天赐予的礼物，或者说是命运赐予的礼物，拒绝它将是一种罪过。

"直到某一天——你瞧那时候的我是多么天真，根本没想到过那个可能性——当我和妈妈在杂货店里时，奥拉西奥出现了。那是 4 月初的一个星期五，我记得很清楚。那天妈妈叫我梳妆打扮一下，穿漂亮一点儿，穿我最好看的衣服，因为我们要去拜访一个非常重要的批发商，她大概是那样说的，说他可能会请我们吃饭……我不太记得了，她说得很含糊，我基本没怎么听懂。于是我打扮得漂漂亮亮地前往杂货店，妈妈也打扮得跟去参加婚礼一样，她一整个上午都在谈论着奥拉西奥，说他很想认识我们一家人，说不定随便哪天，哪一刻，就会突然来拜访我们。'你不想他来拜访我们吗？'她问我。而我，我能怎么回答她？对我而言，奥拉西奥什么也不是，不过是一个由言语组成的幽灵。谁能料到那个上午将会决定我的未来？！或者更准确地说，我的未来已经在我完全不知情的情况下被决定好了。你想象一下，奥萝莉塔，我在那儿学习英语、出售纽扣和香波，突然间，奥拉西奥出现在杂货店里，更糟糕的是，他也出现在了我的生命里。"

"你当时什么想法？你是在什么时候意识到真实情况的？""我？怎么说呢？我凭直觉，或者说隐隐感觉到自己很漂亮，已经成为女人。我是从男人蛮横无理且咄咄逼人的目光中读出来的。我也知道我的孩子气让自己更具吸引力——尽管我不明白其中的原因。我的身体知道自己很有魅力，在我不知情的状况下，做出一切努力来挑逗他人，博得他人的喜欢。我发誓，我对身体在违背我意愿的情况下所策划的阴谋一无所知。一直都很厚实的长头发已经不服从我的指令了。臀部和胯部把我高举在宝座上，而上半身、乳房、肩膀，看起来好像对所处的高度非常满意，在男人目光可及的地方，暴露在他们的赞叹或好奇之中。而与此同时，我却想着我的英语、我的地理、我的玩具以及我儿时的英雄，我一有机会就跟我的洋娃娃玩耍，继续偷偷地阅读关于仙女和公主的故事书，而且跟从前一样，一直坚持穿短袜。偶尔，当我走在街上的时候，我会用同一侧的脚连跳两步，像小女孩常玩儿的那样，所有的一切都像在游戏。那时候的我就是那样。"

于是，奥拉西奥出现了。她俩在柜台后面，母亲先于索尼娅看见了奥拉西奥，她虚张声势地惊叹道："哎，奥拉西奥先生，真是惊喜呀！！您怎么来了！！怎么也不通知我们一声呢？"说话间，她绕着柜台走出去，向前迈了几步，伸出双手，邀他进来，"请进，奥拉西奥先生，您就当成自己家好了！！"于是，索尼娅把目光从书本中抬起来，看见了他。"他在门口停下脚步，站在门槛上，身子微微前倾，露出一副殷勤的模样，穿着深色条纹西装，歪着脑袋，露出同谋者的狡猾笑容。

外套的口袋露出焦糖色刺绣手帕的一角，形成三个角，仿佛孩子画的三座小山丘。"

奥萝拉试着想象他的模样，尽管她从很多年前起就见过他很多次了，但却依然无法清晰回忆起他的模样，因为她听过太多关于他的描述，他人的言语最终篡改了她自身的体验。索尼娅说那个男人从一开始就让她感到厌恶、悲伤，甚至还有一丝恐惧。"那时候的他因为贫血，比现在更瘦一些，皮肤看起来病恹恹的，脖子上有几个小疙瘩，蓝色的小脓包，但让我印象最深刻的却是他阴郁悲哀的气质，即便他努力挤出像店主或神父那般谄媚的微笑。真的，奥萝莉塔，我永远都无法原谅妈妈暗中策划让我嫁给那个男人，就算他再有钱，就算我们再贫穷。而且还不止这些，那个人竟然已经三十六岁了。也就是说，比我大二十多岁。"

然而，母亲却多次反驳，说事情的经过并非如此。"我从来没跟奥拉西奥提起过索尼娅，更没把他带到杂货店来跟她认识。真是荒唐的念头！我又不是媒婆！奥拉西奥来店里打针，但由于索尼娅也在，我们就说改天再打。""谎话！"索尼娅说。"我问过她很多次：'那么你为什么那天要让我打扮得像是去参加聚会一样？你自己也一样，自打结婚之后，你从来没打扮得那么漂亮过？为什么？'而她却说是因为我们要去拜访批发商，但既然奥拉西奥来了，她就打电话给批发商取消了行程。你瞧瞧，这一切是多么荒诞！批发商！'再则，既然你说奥拉西奥

93

根本不知道我的存在，那么他又为什么带了礼物给我？'"

因为他的确带了个礼物来。他双手背在身后，露出神父般殷勤的微笑朝索尼娅靠近，当他走到柜台边时，伸出一只手，十分礼貌地递给她。索尼娅伸出一只手，他小心翼翼地握住它，以立正的姿态，微微鞠了一躬（索尼娅在那一刻看见他的头发有些稀疏，在谢顶的地方可以看见鳞状和干硬的皮肤），吻了吻她的手，一个持久且轻柔的吻，目光一直注视着她，保持他特有的微笑，仿佛两个人共享着某个秘密。那一切对索尼娅而言太过不真实，在某一刻她甚至以为他们俩站在舞台上，正在演绎一出排练了很多次的戏。接着，他把另一只手从背后伸出来，递给她一个用彩色纸包装精致的小包裹，上面缠着卷边的金丝带，一切看起来都非常孩子气，包裹上贴着一张标签，手写着她的名字：索尼娅。

"那又是怎么回事？怎么解释？"她有时会追问母亲。"但妈妈说奥拉西奥总是随身带着玩具，送给他人，那一点倒是没错，因为你也知道的，奥拉西奥的确常常说，赠送玩具是促进人们之间的感情以及世界和平的最佳方式，他的口袋里总是装着玩具，好似东方三王或魔术师一般。然而，标签上为什么会写着我的名字？"母亲说："我怎么知道？！我怎么记得曾跟他聊过些什么。也许某天他问起我的儿女，我就跟他提到了你们。那又有什么不好的？人们会聊天，跟他人讲述各自的故事。不然还能做什么？""包裹里是什么？""一个玩具娃娃，不然还能是什么?！一套古老的玩具娃娃收藏中的其中之一,一个陶瓷小女孩,玻璃眼珠呈蜂蜜色,他拉了一下绳子,娃娃就随着老旧破损的八音盒的音调在底座上转动起来。娃娃披着真发做的鬈发,穿着镶满了花边和刺绣的连衣裙,像是被推着一般,非常困难地转动,仿佛每前进一步都随时会停下来,尽管那个玩具非常漂亮,也很昂贵(我是在后来才知道的),但在我看来却跟它的主人一样,带有某种忧郁的气质。它直勾勾、好似无法入眠的双眼令人感到恐惧,带有某种无法言喻的恶意,犹如恐怖电影里那些邪恶的玩具娃娃。而妈妈站在那里,神仙般的微笑比犹大还要虚伪,嘴里说着噢噢噢,不断鼓掌,邀请我也加入到她的赞美与快乐中来。你来告诉我,妈妈到底有没有筹划那一切,让奥拉西奥来认识我,并最终跟我结婚?”但母亲每当听见索尼娅那样说的时候都会愤怒不已:“谁见过我说噢噢噢、啊啊啊、拍手鼓掌以及做那样的蠢事?！那时候的生活还没好到可以成天玩洋娃娃。”

那是一个星期五,根据索尼娅的说法,事情按照母亲的计划发展,她邀请奥拉西奥星期天来家里吃饭。母亲说那都是索尼娅的幻想,是她自己在后来杜撰的故事,目的是为了把她自己的错误怪罪在别人身上。她之所以邀请那个男人来家里吃饭是出于同情。他一个人生活,没人照顾他,饮食很糟糕。他吃饭很不规律,随便吃些没营养的东西,因此才会贫血。另一方面,他送了个很漂亮的礼物给索尼娅,一个珍贵的古董,于是必须得感谢他的好意。当如此多反驳她的证据让母亲感到窘迫时，她常常说："就算是我叫奥拉西奥来杂货店认识索尼娅，看看他们是否合得来，那又怎么样？有什么错吗？还不是为了她好？为未来做打算——况且我们那么穷——有什么不对的吗？做母亲的不都是为子女着想、为他们寻找最佳的出路吗？而且我根本没有强迫她嫁给奥拉西奥。是她自己爱上了他，或者说执意要跟他在一起，因为假如她想要拒绝他的话，从一开始到整个谈恋爱的过程，她都完全具有掌控权。"

他们继续讲述道，在问过好之后，奥拉西奥向索尼娅解释玩具的机理。他们俩靠得如此之近，以至于她可以感受到他的呼吸，来自他内脏的亲密气味，类似药物和蛋黄糕点的气味，她听见他干涩的口水溅拍在口腔内的声音，让他的声音听起来更厚实。那一点也不招索尼娅的喜欢，她同样也不喜欢他说教般过于甜腻的语调，不喜欢他在空气中指着玩具部件的苍白且细长的食指。他的举止仿佛全都经过了精心筹备似的，显得一丝不苟。在演示完毕后，他再次隆重地亲吻她的手，然后就离开了。但在那之前，有那么一瞬间——仿佛一道闪电一般——奥拉西奥用如此尖锐、如此不知廉耻、如此贪婪的目光看了她一眼，索尼娅在那一刻顿悟，开始预感到那则别出心裁的故事的真正意图。

再说到安德烈娅，自从她得知奥拉西奥星期天会来家里吃饭，就一直处于极度兴奋的状态。安德烈娅大概是以为奥拉西奥像王子一样，来到他的臣民中寻找配偶，她开始憧憬或许被选中的人会是她。怎么不可能呢？尽管她既不漂亮，也不苗条，尤其是跟索尼娅相比（根据儿童故事的逻辑，被选中成为公主的人应当是索尼娅）；尽管如此，但她深受流行音乐中不符合常规的情感关系的毒害，相信命运发放的感情许可证。按照她的说法，事情恰恰就是那样：奥拉西奥爱上了她，而不是索尼娅，但母亲作为那场角逐中偏袒的裁判，事先早已做出了选择。"当我们第一次四目相对时，我俩都明白我们是属于彼此的，但与此同时，我俩也明白我们的爱是不可能的。"她曾不止一次地对奥萝拉说过，接着，她低声说，奥拉西奥的想法跟她一样，并不是她的猜测，而是他亲口向她坦白的，但这是他们两人之间天大的秘密，不可以详述，也绝不能公之于世。奥萝拉不知道该如何看待这件事，究竟是安德烈娅的臆想，是怨怒的爱人杜撰出来的呢，还是真的存在着一个最好不要揭露的隐秘的真相。

唯一确定的是，奥拉西奥在星期天带着许多礼物来到了家里。一辆给加夫列尔的遥控小汽车（顺便提一句，按照两个姐姐的说法，加夫列尔看也没看一眼那个礼物，因为他有红色小汽车和牛仔就够了，不需要其他玩具来满足他童真的幻想），一把给安德烈娅的吉他，一大盒给母亲的巧克力，以及一束给索尼娅的白玫瑰（"你想象一下，我穿着短袜和幼稚的连衣裙，从那个男人手中接过一束体积大到几乎跟我一样的玫瑰花。"）

然而，安德烈娅却说："他跟我想象的一样。一个非常纯粹、理想主义的男人，孤独、温柔且敏感的梦想家，像孩子般需要爱。而且他十分英俊，带着像天使一样、无依无靠的气质。"在这方面——关于他的外表和性格——她们同样也无法统一意见。索尼娅觉得他又丑又邪恶，尽管他掩饰得很好。"丑？怎么可能丑？！"母亲发表她的看法，"他是个普普通通的男人。就算他真的丑，那又怎么样？他是个绅士，很有礼貌，处事谨慎，拥有不错的社会地位。还想要什么？况且，在他们相爱和结婚的时候，他根本没那么丑。"她们的立场是如此地对立，双方都如此坚持自己的意见，于是奥萝拉也无法确定那时候的奥拉西奥到底是英俊还是丑陋，是天使还是恶魔，也不确定索尼娅究竟有没有爱上他。

但是，无论如何，事情的真相是，那个 4 月的星期天成了又一个能够决定命运的关键性时刻。当安德烈娅意识到奥拉西奥已经被指派给了索尼娅时，她不仅对母亲和姐姐充满了怨恨，也彻底失去了对自我行为的控制。而对索尼娅而言，求爱在接下来的那个星期天正式开始了。

奥拉西奥几乎每天都来找她（也就意味着来追求她），有时候来杂货店，有时候——以更郑重的方式——来家里，每次都会带给她礼物，各种小玩意儿，玩具、故事书，连环画，糖果，他出其不意地将它们从口袋里拿出来，藏在紧握的拳头中。"看你能不能猜中我手里藏着什么东西"，他问她。如果母亲在场，她也会加入游戏，当她们怎么也猜不出来时，奥拉西奥就会像个孩子似的大笑，也就是说，像个三十六岁的孩子那样大笑，一直嚷嚷："不对，不对，猜错了!"当某个人猜中，他会摆出一副神秘的模样，最终喊道："棒极了! 送给女士的奖品!"

他们在星期天的下午出门，最开始跟母亲一起，后来就只有他们两人。按照索尼娅的说法，母亲最初陪他们一起是出于礼数，但同时也是为了引导并加深他们的感情，确保索尼娅并非像个小女孩，而是像一个懂得自己在恋爱关系中的角色的女人那样行事。"她给我买——尽管说那更像是投资——适合约会的衣服，让我打扮得像女人一样，看起来比实际年龄更大，给我买高跟鞋、裙子和套装，丝袜，内衣，她还鼓励我——不如说是强迫我——好好打理头发、化妆，胳膊上挂着一个手袋，像成年女人一样，尽管我知道奥拉西奥并不喜欢我打扮成那副模样，因为那会抹去我孩子般纯真的气质。"

在提到索尼娅的版本时，母亲却说她并没有干涉过他们谈恋爱，她只不过在索尼娅确定了恋爱关系后给予了她的认可，而索尼娅之所以跟奥拉西奥谈恋爱是因为她自己愿意，没人强迫她。"她所说的一切都是她后来编造出来的，是为了给她自己的错误寻找借口。"

"那你当时为什么没拒绝跟他约会?"奥萝拉问她。索尼娅回答说："我怎么知道?! 而且，最开始我们三个人一起出

99

门，我怎么知道奥拉西奥是在追求我，我怎么知道那不过是掩饰中的恋爱关系。没过多久，我便发现自己陷入了每天见他、在休息日跟他一起出门的套路中。妈妈总是在我面前说奥拉西奥的好话，说他是多么优秀、多么慷慨，说跟他在一起多么令人愉快，他是多么有礼貌，多么正经，多么体贴。她对我说：'要是你能够赢得他的心，他会给你所有你想要的东西，你可以学语言，可以周游世界。'是的，我的确好几次想过不再见他，我在心里计划着，但到了实施的那一刻永远都缺乏行动的勇气。"

他们在星期天都会去哪些地方？索尼娅说他们常常去市中心昂贵的咖啡馆喝下午茶，去电影院看首映场，甚至还去看话剧，他们看的都是比较儿童化的电影和话剧，因为那也是他最喜欢的类型，他们总是搭出租车前往，一点儿也不在乎开销。他们长时间地聊天。尤其是奥拉西奥，谈话总是由他发起。他最喜欢谈论的话题是玩具。他对玩具无所不知，古埃及时代、古罗马时代、法国、俄国、中国的玩具是什么样的，他都了如指掌。有时候他会带来一个玩具，把它拆掉，向她展示内部的机理，然后对索尼娅说："来，看你能不能把它组装起来。"索尼娅做出尝试，但却无功而返。奥拉西奥嘲笑她的笨拙，给她一些暗示，但假如她还是无法组装成功的话，他就会失去耐心，对她说："算了，算了，让我来弄！"然后把玩具从她手中抢过来。"每每在那种情况下，我都会感到很内疚，觉得自己很笨，配不上他。跟在学校里背不出课文时的感受一样。"当她回到家后，母亲会就那个下午的新鲜事、他说了些什么、她又说了些什么、他们吃了什么以及奥拉西奥穿什么衣服对她做出无休止的盘问，她再次感到自己备受审视。母亲不知疲惫地发问，到了最后，仿佛对前面的对话做出总结似的，她总是会高声说道（仿佛是说给她自己听的一般），奥拉西奥是一个多么了不起的男人啊，跟着他的女人是多么有福气啊，在他身边的未来将会是多么令人羡慕啊！

他也常常满腹经纶地谈起各个时代的儿童动画片和连环画里的超级英雄，作者是谁，什么时候、以什么方式、在哪里创作的，米老鼠、神奇女侠、蝙蝠侠、死亡医生、美国队长、原子蚂蚁、变形金刚、幸运的路克。他可以几小时几小时地跟她谈论北海小英雄，其叙述的严谨性不亚于科学家或者律师。索尼娅几乎从未听说过其中任何一个人物，但他却对一切了如指掌，说他家里有数量众多的来自各个时代的连环画收藏，那些收藏非常珍贵，即使有人付给他全世界的黄金他也不会把它们卖掉。他是那样说的。"有一天我会带你去家里，向你展示我的秘密，我可从来没向任何人展示过呢。"他某天对她说。在另一天，他让她郑重发誓，当她阅读或翻看那些连环画时，一定得非常非常小心，千万不要弄坏了书页，他是绝不会把那些书借给任何人的。他对待家里成百上千个玩具的态度也一样。"他只要一想到玩具或连环画会遭受什么意外，脸色就会立刻变得苍白。"

"他真的在追求你吗？我的意思是，在什么时候……"奥萝拉没办法组织好那个问题，于是索尼娅打断了她，告诉她奥拉西奥很有礼貌，很克制，因为在他们谈恋爱的一年多的时间里他几乎没做出任何举动。他最多不过是抚摸她的头发和脸蛋，或是玩弄她的双手，他过了很长时间才亲了她的嘴，但却是以非常纯洁的方式，而且也只是偶尔发生。他有一次抚摸她的膝盖，另一次摸了摸她的胸，但只是用手掌磨蹭了一番，仅此而已，因为他说其他的得留到婚礼之后，需要小心翼翼地照料纯洁，纯洁是世界上最贵重的珍宝。

"但你喜欢他吗？被他吸引吗？""那时候的我并不清楚，但现在我知道了。在那时候，我甚至根本没想过自己喜不喜欢男人。我记得自己大概从十岁开始就有了一个癖好，当我走在街上时，会看着街上的男孩，决定自己会不会跟他们结婚。跟这一个会，跟这一个不会，跟这一个不知道，我在心里对自己说。当然，我是永远都不会选择奥拉西奥的。他的外表让我反感，点缀着疙瘩的脸，病恹恹的模样，他摸我的时候我有时会全身起鸡皮疙瘩，但并不是因为激动，而是出于害怕。我记得他说话的样子让我恶心，因为在他干涸苍白的嘴唇间会形成一丝丝黏稠的唾液。为了冷却唾液，他每隔一阵子就会伸出四分之一块舌头，像母牛那样舔一下。有时候，当我的脸上沾了食物，或是当他瞧见我的胭脂还是什么花掉了的时候，他会拿出手帕，用口水润湿一个角，擦拭我的脸，他所有的行为都把我当作一个小女孩对待，并且他也很喜欢我所扮演的小女孩的角色。你瞧，我觉得自己之所以没有跟他分手，没有意识到跟在他身边等待着我的未来是什么，是因为他几乎从来不会亲我，也不会碰我。但是，假如要跟你实话实说，我当时在他身边感到十分安全，因为他对我很好，非常体贴，时时刻刻关心着我。"

某一天，当他们的关系已经确定下来后，他把她带去了家里。在用许多把钥匙开启了无数道门闩后，他终于把钥匙插进了最后一道锁，在那一刻，他把头从肩膀上转过来，用悲剧般的表情看着索尼娅，声音颤抖地对她说："你是第一个进入这个家的外人。"索尼娅在那一瞬间为他没有将母亲包括在外人的范畴内而感到惊讶。

那的确是一套古老且巨大的公寓，拥有无数个走廊和厅室，兴许已经很多年没人走进过的房间，所有房间的天花板都很高，都挂着厚实的帷幕，摆着宽大的华盖床，尽管华丽且衰败的蜘蛛灯微弱地亮着，房间却显得十分昏暗。那套公寓是奥拉西奥从漫长的家族史中继承下来的，他是整个家族唯一的幸存者。墙上挂着先辈们的肖像，所有人都盛装打扮，抑或是站在玩具店门前（从它于十九世纪初开业直到现在）。家具和摆饰也都呈巴洛克风格，装饰繁复，索尼娅带着惶惑与鬼祟的心情浏览房间，仿佛置身于教堂一般。公寓里所有的物品仿佛都在替过世的主人们监视着闯入者。

当他们来到玩具厅时，眼前的场景让索尼娅目瞪口呆、难以置信。那是一个非常宽敞的大厅，安装着现代化的五颜六色的聚光灯，光线强烈，可以调节，从而营造出最佳的效果。高高的柜子里展示着上千件各种各样的玩具，按照时代、类别和年龄摆放，每一个玩具都有一个解释性的标签，地上也有玩具，巧妙地铺展开来，天花板上系着隐形的线，悬挂着战斗机、热气球和其他飞行玩具。

奥拉西奥告诉她那是世界上最棒的玩具收藏之一，也许是最棒的一个，收藏由他的先辈们开创，从两个世纪前开始，现在他也参与到了其中。"我看你惊讶得说不出话来了。"他说。的确是那样的。索尼娅不知道该说什么。收藏很棒，是的，棒极了，但同时也极具震撼力。让人想要永远生活在那里，但同时又需要远离那个地方，从那里逃跑出来，去成年人平庸粗俗的世界中寻找庇护和慰藉。总是体贴周到的奥拉西奥把一只手放在她的肩上，将她引向另一个房间，向她展示他收藏的连环画。索尼娅在那令人惊讶的收藏面前也同样不知道该说些什么。

接着，他的表情变得愉悦起来，用淘气的语调对她说："现在我带你去看我的卧室。"于是他牵着她的手，走过一条冗长且昏暗的过道，当他们在某扇门前停下脚步时，他问她："准备好了吗？""准备好了。"于是他打开灯。那是一间小孩子的卧室，但夸张到甚至有些畸形可怕。墙纸的图案和色彩十分欢乐且刺眼，墙上还贴着儿童英雄的海报，床单、抱枕和柜子门也一样，天花板上贴着带荧光的星星，房间里到处都是毛绒玩具，而在地上，在地毯上，火车轨道几乎占据了所有的空间，它经过房间的每个角落，穿过床底，设有车站、风景、大桥和隧道，以及所有最疯狂的关于火车的幻想元素。

从那一天起，他们几乎再也不去电影院或咖啡馆，而是整个整个下午地待在家里。他们看连环画，看动画片，趴在地上玩儿家族博物馆里成百上千件不可思议的玩具，有时候也玩儿捉迷藏。"他总是很快就能找到我，但我却从来都找不到他，最终我会投降。'我认输！'我在那个庞大无比的公寓的任何一条过道里大声喊道，有时候他会突然从某个柜子里钻出来，或是从窗帘或家具背后跑出来，把我吓一大跳，然后他会说：'哈呀！我又赢了！'"他们也一起做规划。索尼娅告诉他她想要重返学校，学语言，去旅行。奥拉西奥回答说他觉得不错，但像小孩子那样在想象中旅行会更棒。他总是提起小孩。某天他说他想要两个孩子，给他们取名为安赫尔和阿苏塞纳。他谈起那两个孩子的方式就好像他们已经出生了似的，仿佛可以看见他们在公寓里跑来跑去，而最令他担心的则是他们可能会踢翻某个玩具，或是撕破某本连环画。仅仅是想到那一点就让他紧张不已。"'那两个房间得永远都用钥匙锁上，直到孩子们长大为止。'他对我说。更准确地说，他几乎是在责备我，仿佛我需要为孩子们在未来踢翻玩具负责任似的。接着，他让我承诺我一定会十分小心，不让孩子们跑进那两个房间。因为孩子们——他对我训诫道——既是天使，也是恶魔。"

"而你却跟他结了婚。"奥萝拉同情地说道。"我跟他结婚是因为没别的办法了，因为到了某个时刻已经不可能回头了。那一切对我而言十分不真实，仿佛一场游戏。我以为去跟像个大孩子一样的奥拉西奥生活对我不会有什么坏处。但我结婚也是为了摆脱妈妈和杂货店。我不知道哪条路更糟糕，是跟奥拉西奥结婚呢，还是当一辈子的售货员，永远生活在妈妈的阴影之中。而且我想要上学，那是我从小的梦想。"

于是他们结婚了。他们在教堂里结婚，索尼娅穿白色的婚纱，奥拉西奥着燕尾服。在相册里，母亲身子僵硬，十分警觉，嘴唇紧紧闭着，仿佛面对着一场挑衅或冒犯。而安德烈娅却总是一副笑眯眯的模样，非常愉悦，做出好玩的表情或是模仿搞笑的姿态。她看起来是如此快乐，如此活泼，如此容光焕发，很难在她身上辨别出那个真正的安德烈娅，那个从未体验过幸福的痛苦的小孩。

10

"我早就知道聚会是不会有什么好结局的，"索尼娅说，
"你也知道的，对不对？"

"我可以想象得到。"奥萝拉说，"你们的过去里纠缠着太
多的蜘蛛网了。你们就像小孩子一样。任何事都可以被你们闹
得很大。"

"那倒是。我们从来都是这样。仿佛我们的身上有许多个
小伤口，永远都不会痊愈。我一直都觉得我们中间最正常的人
是加夫列尔。"

"我不知道。"奥萝拉过了几秒才做出回答，声音很低，仿
佛自言自语一般，"也许加夫列尔并不是你们以为的那样。也
许根本也不是他自己以为的那样。"

"哎，奥萝莉塔！生活是多么悲哀，多么复杂啊！我们为
什么不能更简单、更真诚、更友善地待人，而少对他人挑剔一

点儿呢？要做到仁慈为什么那么难？我们让彼此的生活变得艰难无比。你瞧瞧，现在加夫列尔决定把聚会取消。那么突然。不搞聚会了。肯定所有人都会觉得是我的错，也许首先加夫列尔就会这么认为。他跟你说了什么？跟你说了关于我的什么话？我猜你们俩一定就这件令人不快的事聊了不少吧。"

"才没有呢，我和加夫列尔最近很少说话。我知道妈妈生气的事，也知道加夫列尔跟你争执奥拉西奥和罗伯托的事，但最后你们统一了意见。"

"我不知道该怎么跟你说。我们大吵了一架。加夫列尔说全家无法再次聚在一起、无法拥有一个和解的机会都是我的错。"

"别听他的，"奥萝拉说，"那都是口头随便说说但却并非真心的话。你知道的，瞬间性的执着念头。"

"事实上，在跟他通话的时候，我的确有些粗鲁，但并不是因为他，而是因为我跟罗伯托的问题。加夫列尔没跟你说关于罗伯托的事？"

"他跟我提了一下，但没具体说。我感觉他也没太听明白你跟他说的事。"

"男人永远都无法弄明白女人的问题。也许正因如此，因为我跟他通话时的坏脾气，才没能跟他解释清楚到底发生了什么。我跟他讲得太急迫、太笼统了。"

"你瞧，加夫列尔，我反复思考了很久，懒得跟你绕弯子了。如果罗伯托不参加生日聚餐，我也不去。就这么简单。如果奥拉西奥参加的话，我和罗伯托都不会参加。"

"那可真是荒唐，"加夫列尔说，"你星期五才跟我说你会跟罗伯托好好谈一下，解决这个问题，而我已经告诉了妈妈，她因为我们所有人都会在她生日再次聚在一起而感到非常高兴。你无法想象她对聚会是多么憧憬。而现在你却告诉我这样一个消息。"

"因为我好好想了想，我跟你说过了。我已经见过罗伯托的家人了，现在他也需要见见我的家人，而且他也想要认识你们，他跟我说过不止一次。但由于我们家从来都不聚会，只有这一次机会，没别的机会了。你难道不明白吗？"

"那可真是荒唐。两件事互不影响啊。你可以带他去见妈妈，然后我们可以再组织一次聚餐，让他认识我们所有人。奥拉西奥不会参加那场聚餐。"

"问题是，罗伯托那边出了点儿问题。我不知道该怎么跟你说。我跟他讲了生日聚会的事，但我不知道该如何向他解释他为什么不能参加。我试着做出解释，但却无功而返。而且我还事与愿违地把自己卷入了一连串的托词和借口之中，我说我们人太多了，因为妈妈的一些朋友和邻居也会参加，以及过去的病人，那么多人的话我们是没办法好好聊天的，我讨厌那种大型聚会。我一直说啊说，进而发现罗伯托意识到我在撒谎，甚至连我自己都留意到语调中的异样。那个过程真是可怕极了。你明白我说的吗？"

"我当然明白，"加夫列尔说，"可是没有什么是无法解释清楚的。你看，你来选日子，我将会亲自组织一场家庭聚会，来宣布你们的婚礼。就这么简单。"

"但那一点儿也不简单，奥萝拉。加夫列尔并没理解我和罗伯托之间事情的严重性。那是我们关系中的第一个谎言，那是我第一次因无法面对他的目光而不得不埋下头。"

"他怎么说？"奥萝拉问道。

"罗伯托？最开始什么也没说。他一直保持着沉默。你明白的，那种犹如检察官的辩词一般的沉默。接着，他开始对我提出疑问，关于妈妈，关于安德烈娅，关于过去的病人，最后是关于奥拉西奥。我得跟你讲一件我没跟加夫列尔说的事。我之前就对罗伯托撒过谎。关于奥拉西奥的事我跟他撒了谎。我跟他说奥拉西奥是个有魅力、友善、优秀的男人，总的来说，是一个正常的男人。但我隐瞒了一个细节：他比我大二十多岁，现在基本上算是个老人了。我是出于羞耻才没跟他讲真话的，我猜也是出于虚荣。'我会在之后跟他说的。'我这样对自己说道。你瞧瞧，此刻，在他发现我对他撒了谎之后，他开始问我关于奥拉西奥的事。怀疑突然出现在了我们之间，我说不清楚，但我感到我们关系中的某个东西已经破裂了。"

"但你都是出于好意啊，"奥萝拉说，"我们每个人都会给各自的过去润润色，让它们好看一些，但那些小诡计不能被称作谎言。我觉得罗伯托要是在将来的某天了解了一切，他是可以理解的，甚至还会笑话你。更何况他还是心理咨询师。"

"我不知道，奥萝拉，我不知道。在我看来，感情关系即便再牢固，也总是存在着某个脆弱的点。突然发出喀嚓一声，然后就永远地断裂了。跟一见钟情一样，不过是恰恰相反。那是加夫列尔无法理解的。他以为所有事情都可以通过解释、推理来解决。你瞧，他甚至再次提出让罗伯托和奥拉西奥两个人都参加聚会。那个提议意味着加夫列尔完全没搞明白事情究竟是怎么回事。"

"你不明白，"索尼娅说，"我觉得有时候你根本没在听我说话，没听我也没听任何人说话，你只会听你自己说话。因为你只在乎你自己和你的世界。"

"说到那儿我是真的愤怒了，我为之感到抱歉。但问题在于我已经气急败坏了，因为是那场令人欢喜的生日聚会造成了我的灾难，因为是加夫列尔想出了那个糟糕透顶的点子。"

"噢，那个说法我太熟悉了，"加夫列尔说，"我知道我和妈妈是导致你所有失败的罪人。也包括安德烈娅的失败。能够把你自身的错误怪罪到他人身上，那种感觉应该美妙极了吧。"

"混蛋，你指的是什么错误？"索尼娅大喊道，"你从来都是个自私鬼。你和你的牛仔，你的红色小汽车，你的面包尖，你就满足了，其他人对你而言根本不存在。"

"就像你跟你的洋娃娃一样……"加夫列尔窃窃道。

"不过妈妈不允许我跟我的洋娃娃玩儿。但你却可以，当然了，妈妈容许你做任何事。况且你某天还告发了我，你告诉妈妈我偷偷玩儿洋娃娃。那件事真是为你下了精确的定义，你是多么地不团结，多么地自私。后来，你以同样的方式对待你的哲学家们。他们，那些哲学家们，是小汽车和牛仔的成人版本。甚至还包括面包尖。那是你从过去到现在一直在做的事：跟你自己玩儿，丝毫不在乎他人，从未做过什么有益的事。永远拽着妈妈的裙边……"她的声音变得像孩子一样，听起来有些可笑。

"妈妈再次出场了，你生活不幸的大罪人。你的仙女故事中的巫婆。那个逼你跟吃人魔结婚的巫婆。"

"你瞧，你在不经意间把奥拉西奥很好地描绘了一番。"索尼娅说道，她把声音降到非常细微，若有所思的窃窃私语留下了一条沉默的溪流，她的愤怒在那里渐渐变得虚弱。

"你为什么不愿意让罗伯托认识奥拉西奥？兴许奥拉西奥并不是个好丈夫，我不知道，但他一直都是个好父亲，他也从来都对妈妈很好。"

"说到那里，我再也没力气回答他。我感到非常疲惫，非常孤单，甚至产生了哭泣的冲动。某一天，我会跟你讲述关于奥拉西奥的真相。而且，有时候我真想让所有人都聚在一起——你瞧，生日聚会可是个好机会——，当着奥拉西奥的面，向大家讲述真实的奥拉西奥。"

"别折磨自己了，索尼娅，"奥萝拉说，"想想当下，想想孩子们，想想罗伯托。你的未来多么美好啊。"

"你还在吗？"加夫列尔问道。

"在……"

"你还好吧？"

"嗯……"

"我们为什么要吵架？索尼娅，对不起，我不应该对你说出那番话。"

"无所谓。一点儿也不重要。"

"你瞧，我会打电话给妈妈，试着把事情处理好。给我最后一个机会吧。"

"我又可以跟他说什么？于是我说，好的，因为我也后悔跟他说的那些话，我也请求他的原谅。'我不是真心想说那番话的。'我对他说。于是，我们最后和好了，告诉彼此我们有多么爱对方，给了彼此一个大大的拥抱。"

"都很正常，"奥萝拉重复道，"我们每个人的内心都有许多话语，它们像被关在笼子里的饥饿的野兽一样，迫切地想要逃出来。"

"加夫列尔在跟我打完电话后跟你说了什么？"索尼娅问道，"因为我猜他会跟你提起这件事。"

"事实上，他并不怎么难过，反而十分愉快。他说跟你进行了一场很有意思的谈话，他之后会告诉我，但现在不行，因为现在，他说：'我要给妈妈打电话。''等一下，先别打，'我跟他说，'先跟我说说索尼娅的事。'但他已经清了嗓子，拨通电话，蜷在沙发里了。于是我离开了。我出门去散步，因为我再也受不了这场战争了，你们把生日聚会这么单纯的事变成了一场战争。当我在一个多小时后回到家，他依旧在打电话。我以为他在跟妈妈聊天，尽管那让我感到奇怪，因为妈妈是个言简意赅的人，直到后来我才意识到他又在跟你通话，他的声调紧绷，是我从来没听见过的。"

"是的，他很悲伤，"索尼娅说，"很悲伤，很愤怒。那是加夫列尔一生中第一次跟妈妈吵架。'我是因为你，为了替你说话，才跟她争吵的。'他对我说。我回答道：'我很感激你，你不知道我有多么感激你，但谁会有勇气跟她说奥拉西奥最好不要参加聚会，而应该让罗伯托参加？她是怎么跟你说的？''她勃然大怒，'加夫列尔说，'她说那真是疯了，那个罗伯托在家里什么也不是，是个外人，要是奥拉西奥不参加，她就不想要任何聚会，因为没什么好庆祝的。于是我说罗伯托很快就会成为你的丈夫，正好利用聚会让他认识认识家里人。但她却说已经过了谈恋爱的年纪了，并且不想再继续这个话题。'奥萝拉，你在听吗？"

"在，"奥萝拉说，"他也跟我说了。加夫列尔说他就是在那一刻失去了对自己的控制的。你们所有人都会疯掉。"

"一切都是因为替我说话。那是加夫列尔第一次站在我这边，而不是妈妈那边。他突然开始指责她对奥拉西奥的执念，以及给予我的极少的关爱。'你应该为你的女儿着想，而不是老想着奥拉西奥那个蠢货。'他越说越气，继续说道，'你怎么能同意她跟一个老头子结婚呢？让他肮脏的双手放在一个十四岁女孩子的身上？'看得出来，那道指责已经在他的体内藏匿了很长时间，终于被他发泄了出来。我只知道从那一刻起，他们俩开始冲彼此大吼，辱骂，最终加夫列尔喊道：'让你的生日聚会见鬼去吧！你说得没错：我们跟你没什么好庆祝的。'"

"是的，"奥萝拉说，"接着妈妈打电话来跟我说这件事，但她却没办法讲述，因为她突然哭了起来。"

"不会吧？！"索尼娅说，"那是她第一次哭泣。也许如今的她开始意识到自己曾经做了些什么，她的良心开始感到不安。"

"我不觉得，"奥萝拉说，"我觉得她是因为愤怒而哭泣。她说你们几个都是忘恩负义的东西。她为了养活你们含辛茹苦地工作，为你们牺牲了一切，而这即是你们给她的报酬：蹂躏、抱怨、侮辱和痛苦。她还说不想得知你们的消息。你们任何一个人。她就当你们都死了。她说得没错，索尼娅，原谅我这么说。你们每个人都死了，因为是你们杀死了彼此。"

"你说得真恐怖，奥萝拉，但也许真的是那样吧。这一切好似都受到了诅咒。你以为我和加夫列尔最终和好了吗？并没有。我再次感激他替我说话，但我们俩随即陷入了沉默，不知道该说什么，仿佛在我们之间裂开了一条无法逾越的深渊。那道沉默跟我向罗伯托撒谎后的沉默一样。加夫列尔好似在对我说：我辱骂了妈妈，我跟妈妈撕破了脸，都是为了你，都是你的错，都是因为你想让男朋友参加聚会的执念，都是因为你不想让他认识你女儿的父亲的愚蠢的骄傲。那道沉默比任何争执都要糟糕得多，我们仿佛在为自己感到羞愧。"她们俩也陷入了沉默，悬浮在一道同样深不可测的沉默的不确定性之上。

11

据安德烈娅说,事实上,她从一开始,甚至在认识奥拉西奥之前,就以为被选中的那个人会是自己,并非出于她的美貌,而是出于命运欠她的债务和赔偿,出于她在两三岁就被母亲抛弃了,出于猫咪的死亡,出于她没能生得像姐姐那么苗条漂亮,总的来说,出于她在家里和世界被分配的灰姑娘的角色。也许现在是获得补偿的时机。而另一方面,她最喜爱的歌曲里的女主角都很勇敢叛逆,而并非像索尼娅那样温顺幼稚。能够进一步证实她的期望并非空想的,还有奥拉西奥在家庭聚会中偷偷摸摸的眼神,因为他总是能够找到把目光投在她身上的方式,带着企图和专注,有时还有一抹害羞的微笑。而且他从不会忘记带礼物给她,各种小玩意儿,在递给她的时候把她的手握住几秒钟,仿佛在给她发送暗号,或在对她说:这是我专门为你挑选的礼物,它包含着只有我们俩能够破解的秘密。

他在亲吻或蹭到她的双手时偷偷地抚摸，兴许并不像表面看起来的那么单纯——这一点他们俩都知道。安德烈娅的确只有十三岁，但她作为女人的直觉、她对奥拉西奥最终会选择索尼娅的恐惧，几乎立即赋予了她一种直到那时都未曾有过的成熟的直感能力。

"尽管我觉得自己生来就是个成年人，"她在回忆起那段不幸的岁月时对奥萝拉说道，"我在出生前就通过肚脐的窗户往外看，看见了地狱的火焰。我从一开始就明白自己出生在一个什么样的地方。"然而，像人们常说的那样，爱情是她快乐的洗礼。是快乐和光明的洗礼，因为爱情来得很早，照亮了那些让她年幼的灵魂过早变暗的阴影。"你有没有体验过某个人把你的身体大卸八块的感觉？那就是我在奥拉西奥的目光落在我身上时的感受。是的，我还是个孩子，但我已经蜕变成一个女人。而且，我觉得自己从未像那时候那么像个女人。那个刚刚抵达的女人对小女孩说：'快点儿，穿上衣服，穿双轻便的鞋子，因为天堂并不遥远。女孩，快跑，快跑。'因为那是我的梦想：跟奥拉西奥结婚，驾摩托车去向南方，生一个蓝眼睛的孩子。"

接着，当索尼娅和奥拉西奥开始在星期天一起出门，有时在母亲的陪伴下，后来则单独行动，她开始明白了。但即便如此，她依然认为也许奥拉西奥是为了能够让自己的判断更准确，想要充分了解她们俩，于是先从索尼娅开始，因为她是姐姐，又或许是因为她，安德烈娅，年龄还太小，需要等她长大一些，一些些就好。然而，当他们的关系逐渐确定，她的脑袋里隐约产生了一个关于阴谋的念头，但那个念头却光芒四射、令人生畏。母亲自然而然地立即出现在了那里。她为了让奥拉西奥跟索尼娅结婚而筹划了那一切。她甚至有可能根本没有把她——可有可无的小女儿，次女——列为过真正的选项。而索尼娅，那个面善心黑的人，家里的小公主，长女，那个被命运赐予了比她更苗条的身材和更漂亮的脸蛋的女孩，那个优雅勤奋的女孩，兴许也以她的方式参与了阴谋，从而在不留给对手哪怕是一丁点儿竞争机会的情况下就把奥拉西奥抢走了。"妈妈，那个长着三寸不烂之舌的魔鬼，以及索尼娅，那个满腹锯屑的洋娃娃，是那两个歹毒的脑袋、那两只害人的胡狼暗中策划了我们的灾难。"她和奥拉西奥的灾难，因为她依旧认为，假如对方没有在比赛中占先，她和奥拉西奥将会被命运选中，上演一段千古流传的爱情故事。

她对母亲和索尼娅充满了憎恨，阴影再次让她的灵魂黯然失色。每当奥拉西奥来到家里（有时候是来接索尼娅出门散步），安德烈娅就会恳求地看着他，发出无声的哀鸣——他不可能没有意识到那哀鸣是朝他发出的。随后，她会在阳台上探头，目睹他们俩如何在她为自己憧憬的未来的道路上远去。一条她安德烈娅永远都不会走上的光明步道。再不会有天堂，也永远不会有蓝眼睛的孩子。"就是在那一刻，我发现爱情的撕咬是世界上任何一种野兽都无法比拟的，我对自己说：'切罗基①的战士，你输了'，并感到魔鬼跟我一同骑在马背上。"那个小女孩与那个在爱情的滋润下变成熟的女人又如何能够共存呢？女孩如何能够承受那残忍无情的重负？

她在接下来的日子里游走在家务琐事的迷宫之中，尽管她连拿起扫帚、清除她生活中的碎片的意愿都没有。她去上学，忙于家务，吃饭时目光死死盯着盘子，做模糊混乱的梦，惶然失措地醒来，当她在每个清晨站在镜子面前时，她满怀惊讶看着自己，仿佛无法辨识自己似的，寻找面孔和身体上丑陋、令人恶心的东西，为自身的存在而感到恐惧，因对自己的憎恶而痛苦不已。"我每时每刻都能听见战争的冽风，它不分昼夜、无休无止地呼啸。"直到某一天她对自己说："我为什么不自杀呢？"她为那个如此简单、如此纯粹的念头从未在脑海中浮现过，为它酝酿了那么长时间而惊讶。她怀揣着最黑暗的愉悦面对那项计划，从某种角度而言，它将赦免她所有的不幸，她的丑陋，她又短又粗的大腿，她了无生气的头发以及她黯淡无光的小眼睛。她的牺牲将赋予她命运未曾给予她的美丽和品质。"现在他们会明白我是谁"，她自言自语，感到自己像泡沫一样灵巧、轻盈。她想象自己在经历了失败的淘金热的冒险后划着独木舟回家，穿过未开垦的森林和满是漩涡的河流，一副可怜

———————
① 美国东南疏林地区的原住民族群。

120

兮兮的模样，是的，也精疲力尽，但却获得了丰富的经历和知识，拥有一段悲哀且美丽的故事可以向人讲述。她将留下一则口信，让所有人都了解那段美好的故事，永远都不会忘记她。

她选择在一个星期天来结束她的生命。奥拉西奥和索尼娅出门寻找天堂去了，家里只剩下她跟母亲。她在一盘磁带里录下了她最喜欢的一首歌，用音乐作为遗嘱。她把磁带用铝箔纸包起来，上面贴了一张便条："在我的墓碑上只需要写上这句话：TAKEN BY FORCE[①]。我的故事都在那首歌里。如果想要了解它的含义，就让索尼娅——我们的索尼娅公主——给你们翻译吧。奥秘的终点。再见。"她随即说道："我用这只手为自己的命运贴上封条。"然后吞下一把药片，就着一大杯茴香酒咽了下去，那瓶酒是父亲留下来的遗物，一直被存放在柜子里，她那样做是为了让死亡少一些痛苦，于是她站在那儿，一动不动，等待着终点的来临。她感到一阵巨大且神奇的安宁。此刻，她飘浮在宇宙无尽的虚无之中，与此同时，天体在她的身边转动。她放松身体，让自己沉溺于夏季甜蜜的失重状态，因为当时是夏天，在某一刻，世界从她的大脑中抹去，她像慢镜头一般缓缓倒下，直到以悲哀的姿态平躺在地面，美丽且悲哀，跟她想象中的终点一模一样。"曾经被用来隐藏我的阴影将是我的坟墓"，那是她最后的念头，与此同时，她听见地狱

---

① 英文，意为"被强行带走"。

的天使用力拍打着翅膀，欢迎她的到来。接下来，便是真空。

那是安德烈娅的版本，但母亲却说那件事跟安德烈娅的其他许多事情一样，只不过是演戏罢了。她把房间布置成舞台，吉他倒在她的身边，琴颈靠在她的胸前，音乐磁带散布在她的周围，窗户敞开着，这样窗帘就能凄楚地在她头发上飘摆……"家里有多少药丸，我心里都有数。当我看见她躺在地上，双臂像被钉在十字架上那样展开，穿着她最好的衣服，我赶紧跑去找医药箱，发现少了六七片药丸，包括消炎药、抗生素和阿司匹林，它们是家里仅有的药。整个房间都充满着一股茴香味。我烧了水，加了盐，逼她喝了两三碗，直到她把胃里的东西都吐了出来。当奥拉西奥和索尼娅回到家时，那孩子正在睡觉，关于所发生的事我对他们只字未提。那就是事情的全部经过，其余的都是她的幻想。"

但安德烈娅却坚称她吞下了好几把药片，濒临死亡的边缘，母亲之所以没有叫医生来是出于羞愧，她不想让其他人得知她的女儿试图自杀，同时也是为了省钱，更重要的是，在母亲心底，她对女儿是死是活其实毫无所谓。少一张吃饭的嘴。"妈妈所有的爱——她的爱很稀少——都留给了加夫列尔，也有一部分给了索尼娅，但却一点儿也没留给我。我一出生就被她抛弃，也许因为她期待生个男孩，那样就能凑齐一儿一女，接着我出生了，打乱了她的计划。然而，我却是爸爸的最爱。'我的小公主'，他这样叫我。有一次爸爸带我去动物园，只有我们俩，我们一起骑骆驼。我觉得那是我生命中最幸福的一天。我们甚至还拍了照，我们俩跟骆驼，但那张照片在某一天永远地消失了。我几乎可以肯定，是妈妈把照片销毁了。"

然而，她自杀的故事，却一直传到了今天，通过信念和坚持得以巩固，事到如今，已经没人能搞清楚那个盛夏的午后到底发生了什么。从那时一路滚过来的其他故事也都一样，如洪水般不断扩张，将扫过的一切通通淹没、毁坏。那些故事相互缠绕，仿若一个无止尽的结，越绕越大。比如在她刚从自杀中醒过来的那一刻所遭遇的神秘的爱的劫持。因为按照安德烈娅的说法，自杀帮助她发现了上帝。在某个时刻，当她在等待死亡的同时，又或许是在之后，当她躺在地上濒临死亡，突然被某个幻觉侵袭。她看见一条笔直且荒凉的公路，穿过岩石和红土的沙漠，无止境地延伸。她沿着公路的边沿前行，在正午猛烈的阳光下，感到流离失所，口干舌燥，精疲力尽，即将倒在路边死去，被野狼和秃鹫吞噬。"你记得吗，奥萝拉？"奥萝拉说记得，那则故事她听了好多年了，怎么可能不记得。"我彻底迷失了，只有利文斯通博士①能够找到我。没人像我那样迷失在生活中。"但就在那一刻，地平线上出现了一个咆哮着的亮点，以飞快的速度向她靠近。声音逐渐增强，光亮令人目眩，阳光反射在一辆停在她身边的大容量摩托车的镀铬层上，

① Doctor Livingstone（1813—1873），英国探险家、传教士，维多利亚瀑布和马拉维湖的发现者，非洲探险的最伟大人物之一。

司机全身穿着黑皮衣，金色的长发从头盔里垂下来，披在肩膀上，他邀请她上车。

"奥萝拉，那场景很难描述。无法描述。因为闪烁的光亮让我眼冒金星，什么也看不清，我记得自己在那一刻心想：'指引我们的光亮也会照瞎我们的双眼'，况且，那辆摩托车也突然不再是摩托车，而变成了一阵温柔的风，将我像麦秸一样卷走，带我飞翔，仿佛在这个世界的坎坷和孤独中晃动着摇篮中的我。我从未像那一刻那般幸福，像跟爸爸骑骆驼时那般幸福，在醒来后我感到难过不已，但同时也继续感到幸福，因为我刚刚发现了上帝真的存在，博爱真的存在，甚至连天使也真的存在。你知道我做了什么吗？我跑去厨房（我听见妈妈在那里忙活），用全身的力气抱住她。'妈妈，我看见光亮了！'我对她说，'我看见光亮了，现在我知道了，你是我在这个世界上最爱的人。妈妈，我找到能够打开你心房的钥匙了！'我依旧紧紧抱着她，哭了起来。"

母亲说："她当时还有些醉意，说话时舌头像打了结似的，不停说着傻话。""妈妈，我想去修道院生活，我想当幽居的修女，参加唱诗班。"母亲对她说："等你成年了，你想做什么就可以做什么。但现在，你得去洗把脸，穿好衣服，然后收拾收拾房间，温习功课，今天你已经闹得够多的了。"

安德烈娅想要当修女的执念所持续的时间比任何人设想的都要长，她甚至写信给修道院，并前往几家修道院参观，自荐成为门徒。"但每家修道院都说，除了天命的召唤，还需要母亲的同意，而妈妈却不允许我去修道院。她说我不过是心血来潮，做什么事都无法持之以恒。'看看你对宗教的一时兴起又能维持多久吧'，她对我说。你知道吗？它持续了很长时间，我觉得要是当了修女我的信念会得以巩固，从而获得幸福。但妈妈从来都不允许我做我想要做的事。"

说起那个神秘的幻觉，索尼娅说，那辆摩托车、那个摩托车手、那条公路和那道风景都跟贴在安德烈娅房间墙上的某张海报一模一样。"那是沙漠里的一辆哈雷摩托车，那种沙漠常常在西部电影里出现。"

然而，无论他人怎么看待，安德烈娅都向全世界宣告，等她再长大一些，她就会去当修女，并描述起她在修道院的未来——在寺院里安静地散步，做点心和园艺，唱诗班，祷告，禅房，冥想，贞洁，神秘的体验，格子窗和纺纱机——，好似她只差一件修女服就能将那个梦想变为现实。现在好了，受到天命的召唤，她可以坚强地承担起爱情带来的幻灭。是的，她会感到痛苦，但她可以把痛苦当作忏悔和馈赠献给上帝，带着自我牺牲的精神甚至是带着欢愉来接受命运，而她对奥拉西奥的舍弃也将成为快乐的原因之一，因为她很快开始在痛苦中找到一种秘密的享乐方式。她冲那对恋人、冲加夫列尔、冲母亲露出的每一个微笑，每一句友善礼貌的话语，每一个关爱的举动，对她而言都是一种能够立即获得补偿的牺牲。她从未像那时候那般殷勤和蔼。她将她的幸福和快乐夸大，正如她在婚礼照片上的模样，那也是索尼娅和母亲对她的印象。"她总是心情很好的样子，很快乐，很体贴，跟她在一起令人愉快，"母亲如是说，"她甚至不再听那些曾经那么喜欢的疯疯癫癫的歌曲了，那些歌曲是彻彻底底的噪声，她总是把自己收拾得干干净净，打扮得漂漂亮亮，做什么事都很开心，仿佛一个奇迹似的，我甚至心想，也许她当修女的想法并非是闹着玩儿的。"索尼娅说："我以为她深深为我和奥拉西奥在一起而高兴，也为她的宗教召唤而高兴。当她告诉我时我确实相信了她。因为我觉得她很适合当修女。她反而不适合生孩子、当家庭主妇，或是去当职员或护士。"安德烈娅则说自己很享受为所有人服务，做他们忠实的仆人。"我知道如何通过撒谎的双眼来观察，我知道地狱里满是傻瓜，人类让我深感同情。因为从上帝的角度来看——就像那阵风把我卷起来在空中飞舞时一样——世界显得很可笑，充满了欺骗性，一点儿也不纯洁，让人感到遗憾和怜悯。奥萝拉，我不知道你是否明白我说的，对他人的关爱将我点燃，没什么罪过是我无法宽恕的，也没有任何恶行是我无法用慈悲的微笑来回应的。你在听我说吗，奥萝拉？"奥萝拉依旧聆听着那些不停涌动的家庭琐事，它们一而再再而三地被讲述，尽管只是为了让它们在每一次被重述时听起来更真实、更富有戏剧性，因为在回忆的沸水中，即便最琐碎的情节也会随着年月的累积而获得一记警告或一个计划所具有的意义和重要性，甚至最终会成为组成命运框架的一部分。那一切当然都是以跟事实的本质相符的夸夸其谈的方式讲述出来的，如果说它们在一开始无关紧要，甚至有些好笑，然而随着时间的流逝，它们会被赋予一种传奇性的维度，在那个维度里，幽默和讽刺事先就已经被禁止了。

安德烈娅就是用那样的语调说起索尼娅搬去跟奥拉西奥同居时的事，她渐渐开始感到空虚，成了幻想的孤儿，于是对上帝的信念来也匆匆，去也匆匆。也许她的宗教热情只有在奥拉西奥和索尼娅见证她的虔诚、卑微和牺牲的情况下才有意义，当她发现自己所演绎的重要角色没有了观众时，她脆弱的精神建筑随即像海市蜃楼一样消失不见。但她说事情并非是那样的，她说导致她的宗教召唤夭折的人是母亲，甚至还包括加夫列尔。尽管加夫列尔已经十一岁了，但他却依旧跟他的塑料牛仔及金属小汽车玩儿，完全不在乎周围发生的事，对安德烈娅向他表现出的温柔和宠爱冷漠至极。"我并不是批判他，奥萝拉，只不过是描述事实。你知道我是多么爱他，多么崇拜他。"而说到母亲，在婚礼后不久，她就告诉安德烈娅从现在起她除了做家务，还得去杂货店帮忙，顺便还警告她，假如她再次挂科，就别想继续上学了。母亲甚至建议她干脆别念书了，把全部精力都放在杂货店上面，既然索尼娅都已经为未来寻得了出路，那么她也可以通过经营商店这么一项既舒适又体面的职业来找到她的出路。安德烈娅为竟然有人敢为她设计那么物质、那么粗俗的未来而深受侮辱，她感到愤怒不已。"如果你是在寻找麻烦，"她对母亲说，"那么你算是找对了人。"

于是她们俩之间发生了一场争执，那场争执为她们持续一生的敌意奠定了基础、仪式以及几乎全部的诡辩。她们把一切都说了出来。她提到母亲抛弃她的那天，猫咪的事，毁坏"伟大的彭塔波林"的画像，母亲一直以来对她持有的隐秘的憎恨，也许还有对父亲的憎恨，她跟父亲结婚并非是出于爱情，因为她根本没能力爱除开加夫列尔以外的任何人，还提到自杀、修道院，甚至还提到了奥拉西奥。"为什么我不能跟奥拉西奥结婚？为什么是索尼娅而不是我？为什么你总是挑剔我的缺点？为什么你从不批评加夫列尔和索尼娅、容许他们做任何事？为什么去伦敦的人是加夫列尔而不是我，为什么甚至连面包尖都总是留给他？你为什么抛弃我？为什么总是跟我对着干？你为什么从来没有温柔地跟我说过话？如果说我是个坏学生，那都是因为你，都是你的错。因为你让我充满了自卑，以至于让我失去了对自己的信心。"

而母亲，依然是那副沉着、生硬、冷漠的样子，发髻牢实，当面斥责她意志力的缺乏，她的懒惰，她糟糕的言行举止，她对一个为子女付出了一切的母亲的忘恩负义和厚颜无耻的指控。"安德烈娅不读书是因为她不想读书，因为她笨，"她告诉奥萝拉，"你看她那副模样就会明白：永远都不修边幅，脏兮兮的，因为她穿衣服很随便，也几乎不怎么梳洗。她从来都不会好好坐着，而是坐在一条腿上面，或者把两条腿劈开，随时都在她的房间里抽烟，放着轰响嘶吼的音乐。像个假小子一样。她怎么可能跟奥拉西奥结婚？不可能跟奥拉西奥，也不可能跟任何人结婚。怎么可能让她去伦敦或是别的地方？一个敌人，她对我而言永远都是一个敌人。"

　　"你应该好好为你的未来着想。"母亲对她说。而安德烈娅却说："我已经看见过我的未来，并且已经把它给忘了。"她那样说道，顺势再次提起杂货店的事。"与其在杂货店工作，我宁可去当妓女。但得是带翅膀的妓女。"安德烈娅说。"怎么啦？"母亲有些嘲讽地说道，"你不想当修女啦？""是你剥夺了天命对我的召唤，黑暗老妪！我的任何一个梦想都会被你反对，如果不让梦想见光，它们就会逐渐腐烂。而在这里，在这个家里，根本见不到阳光。不，我已经不相信橄榄园，也不相信三十块银子了。① 我什么也不相信了。""哼，就跟我不了解你似的！"母亲说道，"我们走着瞧吧，过不了多久你就会为了不用工作而编造出一个新的蠢话。""好啊，你看好了！我已经找到了一个新的蠢话——在你看来梦想都是蠢话！我刚刚找到！我要离开这个家！"于是安德烈娅走进她的房间，收拾行李。母亲只说了一句话："大门在这里。"然后继续补衣服——争吵开始前她就在补衣服。"你将永远都不会再见到我！"她

---

① 橄榄园和三十块银子都是《圣经》中的情节，这里指不再相信宗教。

一边把磁带和一些衣物塞进书包，一边尖叫道。母亲没有回答她。

她记得，那是一个寒冷的秋日下午。她穿上毛衣和黑色仿皮皮衣，走出房间，狠狠关上门，为了郑重地宣告她有多么愤怒，也宣告她的决定是不可撤销的。加夫列尔在桌子上玩儿他的小汽车和牛仔。她给了他一个吻。"我走了，加夫列尔，再也不会回来了。"她对他说。加夫列尔带着天真的惊愕看着她，根本没明白发生了什么。随后，她打开家门，从虚掩着的门外大喊："再见了，杀死巨人的杀人犯！我要去寻找我的另一半了！你听见了吗？"她收到的唯一的回复是缝纫机单调的哒哒声。

她漫无目的地走在街上，偶尔在石凳上坐一会儿，直到夜幕已经完全降临。她身上没钱。连一分钱也没有。她开始感到饥饿和寒冷，同时也感到孤独和恐惧，愤怒和后悔，所有那一切混合成一种不适，时不时地让她感到难以忍受。"远离家，远离世界，孤零零地跟宇宙在一起，我的生活已是一场败局。"她反复说道。但她突然想到了奥拉西奥和索尼娅。他们俩会欢迎她，理解她，尤其是奥拉西奥。"奥拉西奥！"她对自己说，"他是不会眼睁睁看着我挨饿受寒的，他会为我取暖，给我食物，像对待孩子一样待我。他会把黑桃A放在我的手心。他会带领我穿过黑暗。"于是她快步走起来。"仿佛秋天的月亮突然间照亮了我的道路，"她描述道，"仿佛我正朝着安全的方向顺

130

风航行。"

当她抵达奥拉西奥和索尼娅家的时候，天已经破晓。他们在惊恐中接待了她。"你来这儿干什么，发生了什么，你为什么哭，你在发抖，告诉我们。""奥拉西奥穿着一件'摩登原始人'的法兰绒睡衣。帅呆了。"那是她在一边抽噎，一边结结巴巴讲述她的版本的故事时记得最清晰的事物。索尼娅拿了些吃的给她，奥拉西奥抚摸着她的头发，对她说："没事了，没事了，已经过去了。"他们把她带去客房，奥拉西奥留在她的身边，温柔地跟她讲话，一直抚摸着她，直到她睡着。

翌日，她第一次看见奥拉西奥的公寓，在数不尽的走廊和房间里流连，深深被堆满玩具的大厅以及用儿童风格和色彩装饰的主卧震惊，在那一刻，她意识到自己依然爱着奥拉西奥，现在她进入了他的家和他的世界，对他的爱也就更深了一层，她也明白了上帝那件事不过是一场梦，她终于从那场沉睡中醒了过来。奥拉西奥和索尼娅合力说服了她回家，他们甚至陪她一起回家，在母亲面前为她说情，让她们和解。于是就那样，离家出走的插曲总算是结束了，它同样也像史诗一般，令人难忘。

从那一刻起，安德烈娅的故事变得有些模糊，奥拉西奥几乎再没出现过。在奥萝拉看来，一个如此重要的人物突然在故事里消失无法不让人感到奇怪。安德烈娅只是提到，爱和挫败让她失去了理智，陷入绝望，她的生活进入了一个地狱，她不想回忆起那段日子。那是她的原话，尽管她是一个如此喜欢追忆过去、在回忆里挖掘寻找藏匿着的珍宝的人。只知道她彻底放弃了学业，并且拒绝去杂货店工作。她含糊地提到正是在那段日子，她第一次交到了真真正正的朋友，跟她一样喜欢危险的人，骚乱之子，地狱之王，想要飞去月球的阴暗面的人，不受控制的赛车，百宝箱里的弹簧娃娃。"我每天都喝得大醉。但酒精已经无法满足我了，我需要更多，在地狱里坠得更深，因为生活对我来说已经没有任何意义，我感到从此之后我都只能带着血管里的魔鬼一起生活了。"她是那样说的。母亲证明她的确开始毫无节制地喝酒，有些晚上根本不着家，另一些晚上则酩酊大醉地很晚才回家，总是很晚才回家，她的房间混杂着垃圾、酒精、香烟和大麻的味道。"你问她，她却不回答你，你把饭端给她，她也不吃，即使吃也会鄙视我做的饭，然后把随手找到的食物狼吞虎咽下去，也不坐下，就站着吃，然后把自己关在房间里，音乐开到最大声，或是胡乱弹奏吉他，只在她再次出门跟她的狐朋狗友鬼混时才会离开房间，有时候隔了三四天才会回来。"

　　就在那段时间，母亲珍藏的一枚戒指不见了，那枚价值不菲的戒指跟家里的其他古董一起被保存在柜子深处的一个天鹅绒盒子里。戒指是家族几代人流传下来的，也是家里唯一贵重的物品。母亲十分珍视那枚戒指，因为她曾听祖母提起，某位对戒指进行过评估的珠宝商说那是一件独一无二的瑰宝，仅仅由于它的稀有就可以值一大笔钱。母亲心想，要是到了走投无路的境地，总还可以靠那枚戒指来维生。或者可以用它来养老。然而某天，那枚戒指却不见了。她一个星期前才查看过戒指，而现在却不见了踪影。她是如此愤怒，觉也不睡地等待着安德烈娅回家，当她在黎明时分终于走进家门，母亲一句话也没说就打了她一巴掌，她一边继续打她，一边质问她戒指的事，痛骂她，骂她是小偷、是流氓、是混蛋、是罪犯，问她戒指在哪里，你把它卖了多少钱？那笔钱用来干什么了？她说要是她不把戒指或卖的钱拿出来的话，明天就会去告发她，把她关进少管所。但无论她怎样问她、打她、威胁她，安德烈娅都坚称自己并没有偷走戒指，她甚至根本不知道戒指的存在，从那时候起，她一直都坚持自己的清白，并把那件事当作是母亲一向对她持有的恶意的又一佐证。然而，母亲却面不改色地坚称是安德烈娅偷走了戒指，用卖戒指的钱跟她的狐朋狗友们吸毒喝酒去了。

从那天起，她们俩之间的关系剑拔弩张，只有奥拉西奥的调解可以稍微让家里的氛围缓和一些。但戒指却已永远成为两个人各自所属的帮派的标志。为了弥补丢失戒指所造成的损失，并且顺便终结安德烈娅混乱的生活，母亲安排她外出工作。她亲自为她在某间养老院找到了护工的工作。"你得工作很多年来偿还那枚戒指，"母亲对她说，"但你早晚会还清的。"安德烈娅请求母亲给她最后一个机会。"求求你了，妈妈，"她说，"让我去音乐学院进修吧。我有音乐天赋，相信我，我向上帝发誓。我将成为一名杰出的作曲家，以及歌手和吉他手，我将有自己的乐队，将会挣很多很多钱，我会给你比戒指的价值多得多的钱。我们将变得非常富有，妈妈。我的脑子里装着一整个世界的乐曲。"但母亲心意已决。"我早就知道你为了不用工作一定会编出点儿什么来，"她对安德烈娅说，她对那个全新且荒诞的梦想只做出了一个小小的让步，"如果真的想要学音乐，你可以自行在业余时间学习。音乐并不是一门专业。"

说到这里，安德烈娅关于侮辱的回忆爆发出哀号。"我的确是个坏学生，那又怎么样？有些坏学生后来改邪归正，最终甚至成为佼佼者。对待子女需要有耐心。年轻人会遇到危机，那即是发生在我身上的事。我在寻找自己，寻找我在这个世界上的位置。况且，假如在小时候不曾受到他人的关爱，你也就不会爱自己，做什么事都会失败。教育是从爱开始的。但妈妈十分粗莽，她从来都很粗莽，非常自私、记仇，她根本没多加考虑就让我去工作，让我偿还我根本没有偷过的戒指。"

在安德烈娅看来，是母亲毁掉了她成为作曲家、歌手和吉他手的光明前途。"我的声线非常好。"假如索尼娅、加夫列尔或母亲说："可我们从未听过你唱歌啊。"她就会反驳道："为什么要唱给你们听？为了让你们笑话我？"但她最喜欢的却是写歌，写歌词和谱曲，她在构思一句歌词或一首歌，然后为之找到合适的曲调方面很有天赋。朋友们很信任她，其中几个人已经在筹划着组建一支金属摇滚乐队了（他们甚至都想好了名字：午夜地下室），而母亲却让她去养老院工作，做她能找到的最艰苦、最肮脏的工作，这一切都是为了报复她，报复自从她出生起就对她持有的全部憎恨。

她从未像那时候那般不幸。上午和下午都要上班，中间有一小段时间可以在那个混凝土建成的迷宫里快速吞下母亲为她准备的便当——速冻食物。她一整天都在那里给老人洗屁股，听他们残忍的叫喊或是荒谬的话语（因为几乎所有的老人都有些半疯癫），带他们上厕所，帮他们大小便，喂他们吃饭，给他们擦口水，浑身总是带着那股独特的屎尿和洗涤剂混合的味道，无论怎样都无法将那股味道去掉。她当然很同情那些老人，但她更同情自己，看见自己那么年纪轻轻生活就被毁掉了，根本没有被宽恕的希望。与此同时，她感受到乐曲在她想象的地狱里跳动，期待着拨云见日的那一天，但那些乐曲却跟她一样，注定将永远待在黑暗中：那即是她的命运，随着岁月的流逝，她将逐渐走向年迈的疯癫和污秽。那也是她一生的梗概，在她刚进入青春期时就被绘制好了。午夜地下室，是的，那个名字选得不错。

"我只能用酒精来忍受那道判决。我的柜子里永远都有一瓶伏特加，时不时地喝上一口，因此，我总是醉醺醺的模样，才得以熬到一天的尽头。"她是如此地绝望，于是对母亲说，好吧，我同意去杂货店工作，但现在说不的人变成了母亲，她说她缺乏接待公众的能力，她那番坏脾气会把客人都吓跑的。而且，母亲也认为在一间现代且舒适的养老院照顾老人是一份不错的工作，很有前途，只要她努力认真地工作，重视它，就会有当主管的机会，到时候晋升就不是问题了。那份工作有什么不好，以至于安德烈娅老是当面指责她、怪她毁掉了自己光明的音乐前途？

事情就是那样，突然间，一切都发生了改变。这一点奥萝拉是通过母亲而非安德烈娅得知的。母亲说，她在一夜之间开始注重打扮，买新衣服，举止变得文雅，并且随时都表现出高兴的样子。"看起来像是换了个人。因为她只要愿意，是不需要嫉妒任何人的。她甚至变得漂亮起来了，我心想她是不是交了男朋友，但我什么也不敢问，因为无论问什么她都会粗暴地回答你。"

但安德烈娅没有跟奥萝拉，也没跟任何人讲起过那个如此突然的改变，相反，关于那个时期的故事朝向模糊的地带偏离，并没有形成河床。奥萝拉在聆听时从来都未曾彻底理会其中的情节，仿佛阅读一本遗失了最重要几页内容的书籍，故事的线索突然就断掉了。

12

　　是母亲凭借她对灾祸敏感的直觉最早发现了孩子身上的异端，那个异端在当时还没有显现出来，但已经可以隐约看出些征兆。"这个孩子不正常。"她说。索尼娅和安德烈娅——甚至包括加夫列尔——都高声反驳母亲，指责她是个失败主义者，是个扫兴的人，他们对她提出一连串的问题：她在她身上看见了什么异常之处？她有什么证据来断言那个健康漂亮、才出生几天的小精灵患有疾病？她为什么总是那么阴郁、那么悲观？对医学一窍不通的她又怎么敢贸然做出那么黑暗的预言？而母亲却说："我说不出缘由，但那个孩子不正常。"

　　没过几个月，他们观察到孩子的行为举止中确实有某种令人担忧的东西。她对言语或是惹她发笑的行为毫无反应。任何声音都会吓到她，让她在很长时间里都把注意力集中在那个声音上面，并保持着警惕。抽水马桶和电梯的声音仿佛让她着迷，或是令她感到恐怖。即使过了好一段日子，她也无法对自己的名字做出应答。"阿莉西亚"，他们叫她，用不同的语调和声音叫她，但她却毫无反应。她对语言无动于衷。在年满三岁时依然不会讲话，连一个字也没说出过，因此奥萝拉和加夫列尔根本没听见过她的声音，更别提她的笑声了。她只偶尔发出一阵微弱的呻吟，好似来自某个很深的地方。她有时候会长时间地抚摸某个物体，并不明白它是什么，也不感到厌烦。有时她会前后摇晃，目光停滞在虚无中，或是绕着圈子走动，同时从嘴里发出单调的呻吟。她不知道怎么玩耍。她盯着日常生活中的物品，却不认得它们。

在十年前的那场圣诞聚餐（也是全家最后一次聚在一起）中，在安德烈娅造成的混乱情形下，她发出了一道不同的声音，是之前从未听见过的，类似于动物的嚎叫，仿佛释放出体内的某股力量，从那之后，她开始念出一些词语，对刺激做出反应，并辨识出自己的名字。医生大致判断病因是生长过程中某种严重的紊乱，也许是由于某个病毒或基因造成的。医生说，假如给予她关爱，并配合治疗，她的情况可以得到极大的改善，但却永远都无法痊愈。疾病的某一部分将会永远留在她的性格和行为习惯当中。

奥萝拉立即感到自己应该为阿莉西亚的病负责。她同样也很沉默，很孤僻，她一向如此，而且也超级敏感，容易走神，沉浸在自我或是幻想之中。她认为自己的性格也很脆弱，胆小、顺从，过于顺从命运，也许是那般的懦弱昭示且预见了阿莉西亚的不幸。然而，她很快发现在她的内心有一种勇气，一种胆量，一种决心，那是她之前从未意识到的。为了全职照顾女儿，她申请了停薪留职。她将会竭尽全力帮助女儿走出困境。她跟加夫列尔谈过了。两个人将一起对抗逆境，分担职责，让阿莉西亚成为一个正常的孩子，一个幸福的孩子。奥萝拉是那么想的。在她看来，靠着其哲学信念在人生的痛苦中饱经磨炼的加夫列尔将会像通常一样，领导那场他们共同的冒险。因为自从他们俩认识以来，做决定、指引道路、提出睿智英明的忠告的人永远都是他，她从来都高兴地接受他的领导，同意他的意见，几乎从不反抗地听任他的指挥。况且，他很沉着、亲切、稳重，他的建议和提案从来都是正确且恰当的。

然而现在，他们刚发现阿莉西亚的病，他却惊慌失措，根本无法做出反应，没有想法，也一言不发，被不幸压得喘不过气来。因此，奥萝拉不得不独自面对现实，面对所有的现实，不得不像对待残疾人或手无寸铁的孩子一样引导加夫列尔。加夫列尔的态度让奥萝拉大为惊讶，但她认为那是由于他对阿莉西亚过度的——或许亦是不加约束的——爱造成的，也是由于一个无辜的人面对命运罕见的残忍时所产生的愤怒和惊愕造成的。尽管他十分坚强，但不幸还是击垮了他，然而他一定能够在短时间内从惊骇中恢复过来，重新成为那个沉着冷静、深思熟虑的男人。但是没有：他仍旧是一副毫不设防的模样，沉浸在悲哀之中，深陷在沉默之中，与此同时，生活依然继续，他忙着自己的事，看电影和足球比赛，读他的书，津津有味地吃饭，观察奥萝拉如何照顾阿莉西亚，却几乎从不参与，只关注自己内心深处的悲哀、困惑的悲剧及其沉默的深不可测。在某个时刻，他甚至看起来好似在痛苦中找到了庇护和慰藉。

　　某天，她无意中瞥见他在书桌上用一个小木球玩足球，那个木球是他送给阿莉西亚的一支小枪管里的子弹，阿莉西亚碰也没碰过那支枪管，更不要说弄明白那是什么玩意儿了。他用一把拆信刀的尖端撞击小球，球门是一个墨水瓶纸盒，守门员是一块橡皮擦，而球员则按照战术安排散开在书桌上，分别由削笔刀、圆珠笔笔帽、骰子和折纸鸟组成。他低声说着话，激情四射的窃窃私语仿佛在通过广播解说球赛似的。奥萝拉不知道该如何看待这件事，她再一次扪心自问自己究竟跟一个什么样的男人生活在一起，到底谁才是真实的加夫列尔。

　　假如奥萝拉身边有个可以倾诉的人，她会告诉那个人，那个关于加夫列尔性格的不确定性的疑问她已经不是第一次对自己提出了，并非是为了在她的意识中探究并寻找答案，而是出于边缘性的好奇，又或者不过是随意飘过的念头，让那个问题跟它抵达的方式一样，在沉默中逐渐稀释。

　　一开始的时候，在结婚初期，单调的夫妻生活看起来十分甜蜜且新鲜。他每天去高中上班，她去小学，回到家后他们会聊聊班上发生的事，分享奇闻逸事，听音乐，读书，看电视，批改作业，备课，有时候会在做事的过程中彼此交换一个爱的眼神。逐渐适应那个新近建立的日常作息是件很容易并且令人愉悦的事，其中已经有一些令人安宁的元素，但却还不曾体会到厌倦带来的突如其来的不适，或是由于怀念永远无法企及的未来生活而造成的痛苦。那即是幸福。那即是它所有的秘密。

在周末，他们除了去看望母亲，还会去看电影或话剧，然后在回家的路上对电影或演出做出评论。无论看什么，奥萝拉都很喜欢，只不过喜欢的程度不同罢了，她能为每一部作品都找到赞美之词。但你为什么喜欢它？加夫列尔问她，为什么那一幕让你感动，或感到无聊？她不知道该如何解释其中的原因。然而，加夫列尔却能深入研究那些作品，它们的主题，心理以及人物的发展，作品内含的意识形态，潜意识传达的信息，而且他总是能够指出作品的缺点，没有任何一部作品能够达到他的期望值，他的批评通常都非常尖酸，甚至刻薄。某天下午，加夫列尔在争论中用一种责备的失望语气说道："对你而言，艺术好像只是一种游戏，一种跟其他东西没什么区别的娱乐罢了。你的看法总是很肤浅，有时候甚至还很幼稚。"接着，他便陷入了一阵漫长的沉默，仿佛受到了侮辱一般，在到家前再没说过一句话。

他们也常常在外面吃饭，在精心挑选的餐厅，因为加夫列尔热爱美食，喜欢精致美味的东西，他在这一点上也很挑剔，有时候会因为某条鱼煎得过熟或某道酱汁味道不够而生气。某天，他们俩在家里吃饭，加夫列尔突然说道："我不喜欢他人在吃饭时弄出声响。""你在说我吗？"奥萝拉惊讶地问道。"我可没那么说。在语言方面我们得严谨一点儿。我只是说我讨厌他人在吃饭时弄出声响。"

那是最早让奥萝拉感到惊讶的东西：他对身边一切事物都带有蔑视性的批评，而且那些批评通常亦是非常残忍的。他悻悻地批评学校里的同事、学生、政治家、神父、邻居、足球运动员，什么也逃不过他猛禽般冷酷的目光。但他最激烈、最出言不逊的批评往往是针对当红知识分子——尤其是哲学家——在报刊上发表的意见或在电视上发表的评论。在那种情况下，他会失去对自我的控制——那个在奥萝拉以及所有认识他的人看来无论在生活中遇到任何障碍都会泰然处之的他。他会用各种词语来辱骂他们——辱骂那些哲学家们：道德败坏，背信弃义，伪君子，知识的廉价俗人。所有人，所有人都堕落了。我们生活在全新且极具威胁性的野蛮时代。随即，当他恢复平静之后，会再次成为通常那个温和沉着的男人，像什么也没发生过似的，继续以他一贯的措辞讲述他神圣的哲学观点。"他在讲述时，好像把话语堵了起来，这样就没人能够进到里面。"索尼娅曾这样说过。她说得有一定的道理，因为他有时候是如此肯定，叫人根本无法反驳。生命很短暂，日常琐事已经足以为存在令人厌恶的荒谬赋予某种意义了，因此也就没必要被艰辛的长期计划束缚起来。与其在生活中扮演某个角色（而且还不是主角），不如在人生大闹剧里做一名观众！在某项大事业中当奴隶不如拥有自由身，所有的大事业迟早都会显现出其虚幻、无用的一面！所有那些因未能实现梦想而失意的人都是因为事先没有做好最重要的防备，而被梦想欺骗了。他说啊，说啊，奥萝拉像通常那样专注且温柔地聆听着。有时候她甚至觉得很有趣，因为他的怀疑主义让他能够从远距离观看世界，用一种被讽刺甚至滑稽去掉了戏剧性的视野观看世界。

假如奥萝拉可以继续讲述她的故事（不是在那个时刻，而是从现在起，从嘉年华的这一天起，夜幕已经降临，她依然待在教室里，沉浸在关于她生活的幻想中），她会说，她对待加夫列尔的态度跟她对书籍和电影的评价一样，从来都很仁慈，即使她逐渐在他的性格中发现了一些错误的征兆，她也并没有太过在意，她对自己说，我们每个人都有缺点，都有自相矛盾之处，都有癖好，既然他可以——比如说——容忍她在吃饭时弄出声响，或是容忍她对艺术的看法很幼稚，那么她也应该接受真实的加夫列尔，适应他的瑕疵，而不应该就此指责他，更不能要求他改正。况且，了解并接受对方的缺点能够改进两个人的关系，正如共同持有某个秘密的人们有义务——如果不是注定的话——在秘密未被公开的情况下团结在一起。

然而加夫列尔那些细微的瑕疵，那些奥萝拉在当时觉得一点儿也不重要的瑕疵，如今却在回忆里载满了含义，变成了确凿可靠的预言。她记起在他们结婚后没过几个月，加夫列尔就开始厌倦去电影院或剧院，或是出门散步——除了去餐厅吃饭，他对后者总是兴致满满。"我有很多书要读，没时间浪费在廉价的文化活动上面。"他说。于是他们成天待在家里，在苦乐参半的日常夫妻生活中安顿了下来。奥萝拉对那个提议也欣然接受，也许是因为她也喜欢家里平和的愉悦，喜欢那些献给闲聊和阅读的宁静的下午。

她很喜欢小说，不知疲倦地阅读小说。她躺在沙发上读小说，而加夫列尔则蜷在扶手椅里，对面的电视机永远开着，他戴着阅读用的眼镜，一手握书，另一只手握着铅笔，因为他总是一边阅读一边勾画，做笔记，或是在书页的边白画画，随手乱涂或是画几何图形，帮助他逃离这个世界。"可你是怎么做到同时看书和看电视的呢？"奥萝拉问他。因为他会在读书的同时看动作片和西部片、足球比赛、娱乐和竞技节目，而且都很吵闹。他说："恰恰相反，噪声让我能更好地集中精力，它们能避免我受到意料之外的声音的惊扰，后者才是真正分散我注意力的声音。"某天，奥萝拉闲来无聊，随手翻开加夫列尔两周前开始看的那本书。奥萝拉不止一次问过他那本书讲的是什么，他用夸张的姿势表现出无能为力的样子，仿佛要她明白那本书是无法被概述的。"关于浪漫主义哲学"即是他全部的回答。引起奥萝拉注意的是，在阅读了两个星期后，书签被夹在最开始的几页，也只有那几页做过勾画，画有一些图案，以及难以辨识的笔记。过了一个星期，她与其说是好奇，不如说更是出于疑惑，再次翻开了那本书，发现加夫列尔只读了两页，只有几个词用铅笔画了圈，只有一句话被画上了一个暴怒的问号。这一次，奥萝拉同样也不知道该如何看待这件事。

正因如此，当加夫列尔在阿莉西亚的疾病面前表现出死气沉沉、手无寸铁时，奥萝拉在内心深处并没有感到太过惊讶。她已经习惯了他的古怪，他善变的脾气，有时候那变化是如此突然，在同一场谈话，甚至是在同一句话中，他就可以毫无缘故地从兴高采烈变得沮丧不已。有些日子，他在起床时兴致勃勃，话很多，而在另一些日子，则沉默寡言，非常疏远。接着，莫名其妙地出现了一段时期，他再次成为那个专注、安静、温柔的男人，那个她从认识他起就熟悉的男人，那个用他的性情吸引了她的男人。她是从什么时候起，在哪一个时刻，开始意识到也许正如他的两个姐姐所说的那样，在加夫列尔身上存在着某种令人不安的东西，某个模糊的、彰显着虚伪甚至是欺骗的迹象？她问自己。

于是，她记起在他们前往罗马度蜜月的某个夜晚，他们俩已经躺上床，开始彼此爱抚，突然间，他泄了劲儿，注意力被分散，甚至努力克制住一个困意乏乏的呵欠。"我累死了。"他说，并给了她一个代表晚安以及抱歉的吻。"没事。睡吧。"奥萝拉。没过多久，她根据加夫列尔的呼吸，判断他已经进入了酣睡，她也逐渐陷入梦乡。但某个奇怪的东西，一阵声浪，让她醒了过来。谁会在深夜的那个钟点忙活呢？那阵声音是从哪儿来的？她留意观察，直到分辨出一阵隐秘且有节奏的动作，几乎令人难以察觉，但从另一个角度而言却十分明显。她发现加夫列尔的呼吸很不规律，有时甚至气喘吁吁。因此，她怀疑——却不敢相信——他在自慰。继而，到了最后，加夫列尔全身颤抖，狠狠吐出一口气，紧接着发出一阵被快感引发的压抑且沙哑的叹息。第二天早上，奥萝拉心想也许那一切不过是一场梦，或是她毫无根据的推断，但即便如此，她也感到十分内疚，尤其是后来随着时间的推移，她发现加夫列尔的确有时候在做爱和自慰之间更情愿选择后者。

而那还没算上——她在此刻、在这个嘉年华的傍晚心想——他那些突然产生的兴趣，那些兴趣是如此冲动，如此随心所欲，也是如此转瞬即逝。某一天，他在毫无预兆的情况下买了一台国际象棋的电子游戏机以及许多与此相关的理论书籍。究其原因，不过是学校里某位同事象棋下得很好，于是他决定要挑战并且战胜他。他说："小小的兴趣爱好是幸福的钥匙。"在三四个月的时间里，他将哲学抛在一边，完全沉浸在那个新玩意儿之中。他每天下午都如痴如醉地下棋，注意力高度集中，甚至连晚饭也不吃，拳头撑在前额，死死盯着棋盘，一直到凌晨。在某些星期六的上午，或是工作日的下午，他会跟那位同事在咖啡馆角逐，当他在几个小时后回到家，有时候带着微醺，得意洋洋，话很多，有时候则喝得酩酊大醉。那个滴酒不沾的他（除了偶尔在上等餐厅喝点儿精选的葡萄酒）就是从那时候开始喜欢上威士忌和金汤力的。但那些兴趣都只维系了很短的时间——无论是象棋还是喝酒。从某一刻起，他逐渐对开局和错综复杂的棋局失去了兴趣，再次翻开哲学书，他说象棋开始过度消耗他的精力，带着魔鬼般的诱惑让他迷失在无尽的迷宫里，他说他无论如何是绝对不想陷入无法掌控的幻觉之中的。

在经历了一段风平浪静的时期（他再次将自己交付给平和的看电视和阅读，唯一的新鲜事是周末的美食探索）之后，他可能会在某天回到家时带来某个新爱好的消息。他曾阶段性地爱上过瑜伽、巴赫、采蘑菇、神秘主义、DIY。它们仿佛火车窗外的风景，田园诗一般的插画，在那之后依旧是一成不变的平川，贫瘠且漫无止境。其中某些爱好奥萝拉也感兴趣，她从中学习到了一些关于音乐、炼金术和植物学的东西，但最让她高兴的是能够与加夫列尔分享那些突然产生的兴趣，她祈求命运能让那些兴趣爱好持久一些，这样它们就不会因日常生活——或者说突然的醒悟——而凋零了。

在某个顿悟的时刻，奥萝拉开始怀疑（并很快确定）加夫列尔的问题恰恰在于他的无聊。那正是他最喜欢谈论的话题之一，常常对此高谈阔论。有两个危险在暗中窥视着那个男人：其一，也是最主要的，是为了生存而进行的奋斗，一旦实现了这一点，剩下的就是对抗存在所带来的厌倦。他多少次重复过那句祷语！而他的哲学艺术却无法帮助他对付那个如此可怕的敌人的诡辩。象棋或 DIY 可以做到（尽管只是暂时性地），但哲学却做不到。继续顺着那个方向思考，奥萝拉认为滋养加夫列尔的不满足的是那些他不敢表露更不敢面对的隐秘的野心，那些被压抑的欲望，那些想要着手实现却怎么努力也无法让它见光的愿望。更别提下意识地对失败的恐惧了，害怕看见岁月及其人生显影出一个毫无价值的生命的古老情节，一个在青春期就丧失殆尽的生命。

于是她跟他谈话，以一种轻描淡写的方式，但声音中饱含着热情，仿佛她刚刚想到这一点似的，问他为什么不着手写论文，他自己也曾在过去某个时候提出过这个计划，这样就可以去大学教书，享受更好的环境，更好的课时安排，也会拥有更好的学生。或者也可以写点儿什么，写一本书或是系列文章，关于幸福的历史，人类在这么多个世纪的进程中所学会的摆脱不幸的窍门，那本书很有可能被出版，并大受欢迎，因为归根到底，没有什么主题会比幸福更能吸引读者的了。"你知识这么渊博，不跟他人分享分享真是太浪费了。"她对他说。他们俩在客厅，他坐在扶手椅里，她在沙发上，各自抱着一本书，在奥萝拉说话的同时，加夫列尔调低了电视机的音量，因此，她的最后一句话在寂静中听起来尤为纯粹、坚定。加夫列尔站了起来，好似变了副模样，一会儿看着虚无，一会儿看着奥萝拉，目瞪口呆，仿佛因某个内心无法理解的东西而感到惊讶。他一步步走近沙发，跪了下来，抱住奥萝拉，把面孔藏在她的身体里，带着哭腔向她袒露他的感激，他的爱，认识她是他天大的福气，从第一天起就欠下她的无法偿还的债，他已准备好把藏在心里的一切都说出来，把它们在全世界的面前公开，他请求她的原谅，而奥萝拉则抚摸着他的头发，说道："你这个傻瓜，说些什么呢?！"他终于开始哭泣，继而在泪水中笑了起来，那或许是他们俩一起经历过的最幸福、最让人感到希望的时刻，当奥萝拉在此刻回想起来时，她也产生了哭泣的冲动。

那也是一个基础性的时刻——至少看起来如此。仿佛他荒诞的面具在那一刻被摘了下来，从现在起，他深深以自己美丽真实的面孔为荣。又或许他在等待一道开始行动的命令或许可，因为仅仅几天之后，他就重新拾起过去当学生的角色，着了魔似的辛勤工作。就他最了解、最挚爱的主题写点儿东西的计划并不是肮脏的渴望，而是一种崇高的抱负，他这样对奥萝拉解释道。再者，他也很多次想要着手进行那个项目，但每一次总是可以找到推迟它的理由或借口，也许是他彻底的怀疑主义在阻止他，犹如青春期的浪漫冲动，需要时间才能日渐成熟，从而开启色调差异和明暗对比的艺术之路。然而此刻，他终于在听了奥萝拉的那番话后，突然意识到那即是同意的信号，这正是迈出第一步的时刻。当然了，不能太匆忙；恰恰相反，他将会沉着冷静地工作，没有痛苦，不凭运气，只期待每一天被摆在面前的令人心旷神怡的工作。现在，他也明白了，他在那些年间沉迷过的所有那些转瞬即逝的兴趣爱好都不过是托词，都不过是单身汉在定下终身大事之前的小打小闹罢了。

"他的口才向来都很好。"奥萝拉心想。他雄辩的能力就好比技艺精湛的陶艺工人，从他的指间既可以捏出一只普通的碗，也可以捏出最精美的洛可可装饰。但这一次奥萝拉以为加夫列尔终于找到了一个明确的梦想。于是开始了一段漫长且和睦的休战期。工作似乎让他安定了下来，在习惯和坚持的作用下，他那不稳定的性格逐渐趋向某种安宁的牢固性。

他最终选择了写论文，把它当作最严肃重要的作品来对待，这也更加符合他关于哲学和哲学家的超验且禁欲主义的观点。在书房的亲密氛围中，哲学家忙着收集资料、搬运数据、增添书目、调查、架构、构思、查询，每隔一段时间就会去见一次论文导师，跟他汇报进度，顺便打探一下将来进入大学的可能性。导师说他的前景很光明，他的话激励着加夫列尔继续努力地工作。他在学校透露自己也许很快就能去大学里工作了。尽管他很少跟两个姐姐通话，但他也跟她们谈起他的计划，还跟她们提到一本将取名为《幸福的历史》的书，谁知道呢，也许那本书会大受欢迎。他做总结、记笔记、梳理论据、写作、区别、调和、推论。他站起来，晃晃脑袋，舒展舒展大腿，探头看向窗外。"这就是现实。"他有些滑稽地对自己说道，低声笑了起来。他也对自己说："我很幸福，我认为此刻的我非常幸福。"他心想，到了采蘑菇的季节，他们——他和奥萝拉——会去乡间，对未来时光的回忆带着幸福的预支，让他全身泛起鸡皮疙瘩。他们将带着蔬菜烩和鳕鱼馅饼，他将跃过溪流，把石子扔得远远的。他们会生火来御寒，在火堆上烤五花肉。他想象着一位年迈的流浪汉胡须上结的霜，无花果树叶下阳光形成的雾霭。他猛烈挥舞着胳膊，仿佛在暴风雨中划船。过了一会儿，哲学家回到书桌前，聚精会神地继续他的工作。时光流逝。加夫列尔和奥萝拉前往古巴、布拉格和巴黎旅行。加夫列尔在卡夫卡的墓前、在巴士底狱、在革命广场点头致意。

就是在那种情况下，阿莉西亚出生了。在他们还没发现孩子的异常之前，加夫列尔的习惯和态度没有发生任何改变。后来，当阿莉西亚被确诊，奥萝拉以为加夫列尔将是与她共同对抗不幸的坚强且忠实的盟友，何况那是多么重要的时刻，关乎着他们女儿的健康。然而，当她看见加夫列尔疏远且冷漠的反应，一天又一天就那么过去，惊愕和恐惧让她猝不及防，于是她再次问自己——这一次带着之前从未有过的意图和深邃——，加夫列尔到底是谁？她到底是和一个怎样的男人结了婚？

13

"奥萝拉，我没能忍住，"安德烈娅说，"当我得知加夫列尔因为索尼娅而取消了聚会时，我愤怒不已。我努力抑制住自己，希望火气会很快过去，但最终没能忍住，拨通了她的电话，我开门见山地对她说她怎么敢用那种方式来羞辱奥拉西奥。我说，不准奥拉西奥参加生日聚会是对他们女儿的侮辱，也是对全家的侮辱。"

"妈妈生气了，说没有奥拉西奥参加的聚会不值得举办，我一点儿也不惊讶。奥拉西奥不参加，我也不会参加，因为你同时也深深侮辱了我。索尼娅，你为什么这么残忍？为什么那么恨他？你毁了他的生活还不够，至今依然通过折磨他而获得快感。我没想到你会背信弃义到那么个地步。面善心黑的人，去他妈的！你虚伪、晦气、非常伤人！"

"你原话是那么说的？"

"我没能忍住，但也不后悔。"

"索尼娅怎么说？"

"我？"索尼娅说，"我毁了他的生活？你对奥拉西奥、对我又了解多少？！你根本不知道自己在说些什么。"

"我怎么会不知道？"安德烈娅说，"我跟你知道的一样多，甚至比你还多。我什么都知道。"

"噢，我明白了，"索尼娅说，"当然了，你一定跟你心爱的奥拉西奥聊过了，谁知道他都跟你说了些什么呢。"

"真相，他跟我说的即是真相，只有真相。"

"真相？你不了解，你他妈的根本不了解奥拉西奥到底是个什么样的人。"

"就在那一刻，我感到锣鼓喧天，愤怒至极。"

"我比你更了解奥拉西奥，是的，你没听错，我对你也非常了解。我知道你们之间的所有事情，甚至包括最隐私的事。你才是那个什么也不知道、什么也不明白的人。比如，你肯定不知道奥拉西奥深爱的人是我吧？他之所以选择了你是因为妈妈那个巫婆，因为那时候我才十三岁。"

"我不知道？你在说些什么？！你听好了，我比你更早了解那件事，所以我得挂断电话了。已经没什么好说的了。"

"等一下！在你挂断之前，我想告诉你一件事。你听好了，请你用你爱撒谎的眼睛看着我举起的指头。你跟他结了婚。你拿到了打开天堂大门的钥匙。而你做了些什么？你把它扔到了海底。但奥拉西奥把它捡了起来，交给了我，你明白吗？"

"你绕来绕去想说什么？"

"绕来绕去？我是为了让你能够终于弄清楚一件事：我和奥拉西奥一直在爱情的银色树叶上漫步、小跑。让我用你所习惯的粗话来跟你解释吧，因为那是你唯一听得懂的语言：我和奥拉西奥一直都是情人。现在你知道了。我们俩注定会在一起，我们从一开始就相爱，从我们第一次见面起。"

"奥萝拉，于是我把一切都告诉了她。我没能忍住。我也不后悔。我应该早就告诉她，这样就能揭开她的假面具，让她了解真相，感到些许痛苦，跟我和奥拉西奥因她而受的苦比起来，那只是微不足道的一丁点儿。"

"可是，你都跟她说了些什么？"奥萝拉问道，"你们俩真的是情人吗？"

"是的，我从来都没敢告诉你。只有我和奥拉西奥两个人知道我们的秘密，我们美妙的爱情故事。"

"天呐！索尼娅怎么说？"

"中间有一阵漫长的沉默，在沉默中，我留意到索尼娅如何渐渐从惊愕中恢复过来，为了从窘境中成功逃出而做好防卫的准备——也就是说，准备好她天鹅绒一般的谎言。突然间，是的，就是那么突然，她哈哈大笑起来，非常愤世嫉俗地笑了起来。"

"伪君子，你笑什么笑啊？"

"那么你也一样啊，"索尼娅在笑声耗尽后说道，"我真蠢啊！怎么会从来没疑心过？！"

"在那一刻，惊愕的人换成了我，因为我还没弄明白她刚刚编造出来的谎话到底是什么。"

"他也把你带去玩具店后面的小房间了？"索尼娅说。

"是的，怎么了？"

"然后在那里对你做了所有能够想象得到的龌龊行为？"

"龌龊行为？"安德烈娅说，"你瞧，我终于把你给逮住了。你无意中暴露了自己。因为我很了解你，我知道你并不是为了爱情而生的。然而我们俩却非常纯真，我们一点儿也不害羞地相爱。"

"哦。也就是说，他也跟你讲了关于纯真和伊甸园的故事。"

"不仅如此，"安德烈娅说，"他还跟我说男人让你感到恶心，你觉得爱情很肮脏，把爱抚称作龌龊行为。那你为什么要跟他结婚？"

"你真是那样跟她说的？"奥萝拉不敢相信亲耳听见的内容。

"我只不过是说出了事实，纯粹的事实。"

"索尼娅怎么说？"

"看得出来，事实让她很受伤，因为她尖叫起来，愤怒地咒骂我，我从没见过她那么愤怒。她骂我是贱人，不要脸，狗娘养的，毒舌妇，什么都骂出来了。随着她力气和怒火的消耗，她的声音也渐渐变得微弱，直到最后陷入了沉默，她仿佛置身于遥远的地方，非常轻缓地哭了起来。"

"可怜的索尼娅！"

"奥萝拉，你别相信她。你看她那副模样，如此漂亮，如此整洁，但她很自私，在她需要的时候，她会比犹大还要虚伪。"

"安德烈娅，你待她太残忍了。"

"在我看来，每个人在爱情里都是自由的。"

"后来发生了什么？"

"我只抱有一个希望，"索尼娅说，她的声音依然因为哭泣而有些颤抖，气若游丝，"我希望你刚刚跟我讲的故事跟猫咪那件事一样，跟妈妈抛弃你的那件事一样，跟你的自杀以及你所有的幻想一样。"

"你把它称作幻想？"安德烈娅说。

"你从来都住在一个幻想的世界里。关于你的事根本无法分辨究竟是谎言还是真话。"

"你要是愿意的话，我可以把一切都告诉你，你自己来判断到底是不是幻想。"

"索尼娅用沉默表示赞同，没有出声，于是我跟她讲述了我和奥拉西奥的故事。整个过程中她一次也没打断过我。没有评论，没有提问，没有抱怨，没有叹气，也没有辱骂：什么也没有。既然我都跟她说了，那么我也跟你说说吧，尽管我可以跟你说得更直白一些，因为我知道你是不会笑话我的，要是索尼娅听我用真诚的心声跟她讲述，她一定会笑我。你听好了。在妈妈让我去养老院工作时，奥拉西奥意识到我的不幸，那一点从他跟索尼娅来探望妈妈时看我的眼神就能看出来。我从来没见过像他那么难过、那么富有同情心的目光，但为了不让妈妈难堪恼怒，他一句话也不敢替我说。然而，他却非常难了解我的痛苦。他之所以了解，是因为在他和我之间有一种秘密的交流方式，正因如此，我也知道他跟索尼娅在一起并不幸福。我们之间所有的交流都通过眼神进行，或是心灵感应。当真爱出现时，心灵感应就会存在。在寂静中，几乎可以听见我们俩的悲哀和希望在彼此身边飞舞盘旋的声音。但真爱很罕见。除了那些被上帝选中的人，所有的爱人都带着欺骗性的吻相爱。他们在情感方面的任务无非是找到一个安全的地方，可以像小狗一样将骨头埋在那里，于是就以为自己是为了彼此而存在。不，他们并不相爱；他们不过是配了对而已。他们配对是因为夜晚太过寒冷，孤独太过可怕，仅此而已。奥萝拉，关于爱情，我可以一直不停地讲下去，因为我生来就懂得爱，尽管我也生来就非常不幸。我不知道你听明白了没有。"

"当然听明白了，安德烈娅。"

"你瞧。某天，他在我下班时来养老院接我。喇叭声在那一刻异常响亮。他站在那里，像幽灵一样苍白，但也像幽灵一般庄严，他是那么地属灵，那么地充满诗意，站在一个角落里，傍晚浑浊的光线修剪出他孤零零的身影，手里拿着一个小包裹，等待着我。我不敢相信自己竟然没有晕厥过去。我们走去一间咖啡馆，聊了很长时间。我跟他讲了一些让我感到悲哀的事，他为命运对我如此残忍而感到愤慨，也就是说，他对妈妈感到愤慨，因为事实上她即是我真正的命运。那个小包裹里装着几盘我最喜爱的乐队的磁带。我跟他讲述我想要成为创作歌手的梦想，他对我说：'我多么想听你写的歌，听你唱歌啊！'我跟他说，好啊，随时都可以，因为我知道他永远都不会笑话我，在他面前唱歌一点儿也不会让我害羞。包裹里还有几颗巧克力。'尝尝看。'他对我说。'跟我分一半？'我说。于是我们一起吃巧克力，他一口，我一口，就那样，我们俩莫名其妙地从悲哀不已变得笑声不停。真爱即是如此。我急切想要把所有的感受都告诉他，但他是那么地腼腆，那么地脆弱，在世界的邪恶和卑劣面前是那么地毫无防备……我是唯一一个能够理解他、懂得欣赏他内在美的人。'索尼娅不知道我来找你。'他突然对我说，脸颊红得像个橙子似的。'她不会知道的。'我说道。在我们告别的时候，有那么一刻，我们面对面站着，夜幕已经降临，我们被城市荒蛮的光线包围，沉默着，好似飘浮在地面，几乎就要彼此拥抱、亲吻，向对方倾吐内心的爱。接着，我们各自消失在人群之中。奥莉，你难道不觉得很美吗？！"

"是的，的确很美，也很悲哀。"

"是啊，也很悲哀。真爱从来都不会有好结局，因为它的现实并不属于这个世界。待我把后来发生的事告诉你，你会看得更清楚。后来，他又好几次来接我下班，某一天，他说想邀请我去他家，我可以跟他唱歌，而他则可以向我展示他的物品，他像孩子一样收藏的宝藏。为了不引起注意，最开始我选择索尼娅在家的时候去他家，去吃午饭或喝下午茶，仿佛那是件再自然不过的事。在索尼娅看英文电影的同时，奥拉西奥向我展示他的玩具，我们俩坐在地上，像两个孩子一样，像两个漂亮的孩子一样，事实上我们的确是两个漂亮的孩子。你明白我说的吗？"

"我当然明白。故事很美，但也非常令人难过。"

"跟所有的爱情故事一样，"安德烈娅说，"后来终于有一次，只有我们两个人在家，索尼娅去电影院看某部英文电影去了。那个家是如此之大，里面有如此多的东西，其中也包括一把吉他。于是我跟他唱了我的歌曲。我吟唱，奥拉西奥聆听，两个人将注意力集中在每一个音符上，当某个音节特别吸引他或打动他时，他就会朝内心深深叹一口气，闭上眼睛，双手合在一起，像做祷告的姿势，把两个食指尖放在唇边，努力抑制住激动。奥萝拉，我希望你能够竭尽全力去想象那个画面，好像它就发生在你的眼前，这样你才能充分领会当时的情形。奥莉，我真心跟你说，要不是因为妈妈，我现在肯定是一个金属和朋克明星，一个音乐界的领军人物。真遗憾，你也没听过我的歌。妈妈、索尼娅和加夫列尔就不用提了，因为我知道他们一定会笑我。事实上，他们还没听过我唱歌就常常笑话我，嘲笑我，你完全可以想象他们要是听了我唱歌会是什么模样。但奥拉西奥没有笑我。他一动不动、眼珠也不眨地听我唱歌，有时会突然眯上眼，狠狠抬起头，仿佛正在接收从高处传来的音乐。在我唱完后，我们俩沉默了好一阵子，看着彼此，时不时低下头，避免被对方炙热的目光灼烧。什么也没发生，什么声音也听不见，但骚动却在那艘小船的周围喘息。后来还有一些日子，一些下午。我们的爱是柏拉图式的，因此即便索尼娅在场我们也可以相爱，即便全家去妈妈家吃饭，在妈妈和所有人的注视下，我们也可以毫无顾忌地相爱。在所有人聊天或吃饭的同时，我们俩偷偷地相爱，我们的激光射线追踪到灵魂的每个角落，我们不止一次地听着花衣魔笛手①的笛声，被带到遥远的地方，迷失在丛林深处，只有我们俩。奥莉，我希望你可以认真想象那个场景。我们俩孤零零地，像两个孩子一样，迷失在森林里，你明白吗？没有经历过的人是无法明白的。然而，你们却一点儿也没察觉到，对吧？"

"的确没有。"

"我们很机警，"安德烈娅说道，仿佛在证明一件显然的事，"但我知道，如果雨一直下，堤坝早晚会坍塌，事实也的确如此。某天下午，我们俩独自在他家，他坐在桌边，叫我坐

---

① 又译为彩衣吹笛人等，是源自德国的民间故事，最有名的版本收在格林兄弟的《德国传说》中。

在他的身旁，跟我解释某个古老玩具的秘密机理。玩具的一些部件像手表零件那么小，需要使用镊子和放大镜。'我看不清，'我说，'我想凑近一点儿看。'我们俩一个对视，统一了意见。他往后退了一点儿，让我坐在他的膝盖上。因为奥拉西奥教会我喜欢自己、爱自己，跟他在一起我感到自己很漂亮，很有魅力，也很大胆，充满了危险性。我感到自己极具危险性，奥萝拉，我不知道你是否也有过这样的体验。我感受到自己带有极大的危险性。在那一刻，我多么想告诉世界，告诉全世界的人群：'朋友们，同志们，暴风雨的儿女们，欢迎来到时间停滞的地方。'他向我展示组装玩具的每一个步骤，当他组装完毕，我感到自己变得更加危险，对他说：'给我看点儿我没见过的东西吧。'他于是拉了一下玩具的弹簧，玩具发出音乐，因为那个玩具能够完美地模仿森林里鸟儿们的合唱。我们低声说着话。我跟他讲述'伟大的彭塔波林'的冒险经历，也跟他讲了猫咪和戒指的事，以及我是如何在两岁时被抛弃的。他十分同情我，以拥抱安慰我，与此同时，他说他的童年也很不幸。我向他讲述我是如何为了他而企图自杀，妈妈又是如何将我摒弃在地狱的边缘。在听说自杀一事时，奥拉西奥的面庞血色全无，于是我用双臂圈住他的脖子，凑到他的耳畔，用哈气弄得他痒痒的，说道：'让我做你最爱的天使吧。'我在突然之间变得非常博学，成了我自己的门徒。奥拉西奥发出非常细微的声音：'可你只不过是个孩子啊。'我回答他说：'我亲眼见过手握匕首和手枪的孩子。'然后狠狠咬了咬他的耳朵。'你在干吗？'他说。'你难道不知道爱情的罹难者会变成食人动物吗？'可怜的奥拉西奥！他是多么地害羞，多么地天真！'我们可以做什么？'他问道。'逃到山上去。'我对他说，把嘴巴伸进他的耳朵。于是我们亲吻起来，我们一直吻啊吻，直到嘴唇变成蓝色。他说：'这样不好，这样不好。你是索尼娅的妹妹。''但我知道你跟索尼娅在一起不幸福，不是吗？''那并不重要。你瞧瞧这是多么大的麻烦，要是……'他还没说完，我就用一个吻堵住了他的嘴，接着，我对他说：'没有比跟你一起经历麻烦更让我开心的事了。'我看着他的眼睛，被爱情冲昏了头脑，我如此长时间、如此着迷地看着他，他轻轻抚摸我的脸颊，也无法将目光从我的双眼中移开。'你知道吗？'我说。'什么？''我爱极了你吉卜赛人般的眼睛。'于是我用鼻子揉蹭他的鼻子。你难道不觉得那是段美妙至极的爱情故事吗？很少有人经历过像我们这般美丽的爱情，不是吗？"

"我不知道该说些什么，安德烈娅。你说的这些让我很震惊。"

"我也很震惊，奥拉西奥也一样。我们俩都知道我们的爱是被禁止的，它注定只能是柏拉图式的。我的一生从来都是这样。我从来都是昨天的叛徒和明天的傻瓜。奥拉西奥也一样。我和奥拉西奥，我们聊了很多。他跟我说——我早就知道了——他和索尼娅并不幸福。他告诉我，之所以跟她结婚，是因为妈妈，因为我年龄太小了，但假如可以选择的话，他毫无疑问会选我。他说索尼娅根本不懂得爱，她身上一点儿浪漫主义也没有，更别提激情了，她不明白爱情产生于纯真，成长于纯真，在纯真里一切都是被允许的，因为纯真是自由中唯一不可侵犯的神圣领土。爱情就像生活在伊甸园里一样，那里既没有过错，也没有罪孽。'而且，索尼娅也不喜欢我。'他对我说，不仅如此，索尼娅还很反感他。是的，奥萝拉，你没听错。奥拉西奥留意到她的反感，留意到索尼娅在被他抚摸、亲吻时表现出来的反感，更别提在做爱的时候了。完事后她会很快起身，去清洗身体，使劲地搓啊搓，直到把所有的污秽都洗干净。尽管按照奥拉西奥的说法，索尼娅事实上几乎不被任何男人吸引，她觉得男人都很脏，很粗鲁，跟谁在一起都不会幸福，因为她对所有男人都很反感。像一种病一样。我对他所描述的索尼娅——我那美丽的姐姐——一点儿也不惊讶，我跟奥拉西奥实话实说，因为她一向都很腼腆，很孩子气，对一切都很挑剔，只有跟她的洋娃娃在一起时才会感到幸福，表现出亲热。索尼娅缺乏想象力，一个没有想象力的人是没办法真正拥有爱情的，因为爱情几乎全都是想象。多么可怜的奥拉西奥啊！他跟我一样，是一个在世界上找不到自己的位置的梦想家。他也是运气不好，恰恰跟索尼娅结了婚。命运是多么地不公啊！此刻的我们俩，干柴烈火一般，不知道该如何处置这刚刚产生的爱情。于是我们偷偷地见面，在任何地方，正如索尼娅嘲笑我们的那样，有时候在玩具店后面的小房间。我根据不同的钟点、一周中不同的日子、不同的季节，以不同的方式爱他。当他用苍白且饥渴的双手缴械我的身体时，我不知道该如何描述我的感受，有点儿像破坏某条主干道，或是海盗突然出现，侵略并摧毁了一切，我不知道你有没有经历过那样的感受……"

"我不知道该说些什么，安德烈娅，但我明白你所说的。"

"正因如此我才跟你说这些，奥萝拉，因为我知道你会明白我的。我们很纯真，奥拉西奥和我，他既是如此地细腻，又是那么地粗暴！我也很粗暴，仿佛刚从武尔坎①的锻炉中出来。我们俩永远都不知道疲倦，但我总是那个最先举起破布条做的白旗的人。'我认输，我认输。'我说道，但尽管如此，雷鸣的巨响依然会持续很长一段时间。我们说很多不着边际的傻话，对未来做出天马行空的规划。我们将会去山里生活，跟老鹰和白雪住在一起，不用马达就可以驰骋在海洋上空，拜访神灵的坟墓，永远生活在远方。那是孩子们在盛夏某个下午的恶作剧。奥萝拉，你把手放在心上，让我问你一个问题：那些无尽的梦想，谁可以驳斥它们？但你别回答我！我当然明白，问题向来都令人头疼，你不觉得吗？"

"有可能。加夫列尔知道如何回答每一个问题，但我却几

①　罗马神话中的火神，维纳斯的丈夫。

乎从来都不知道该怎么回答问题。"

"那叫作纯粹，"安德烈娅说，"至少我是那么认为的。正因如此，奥拉西奥才为他的女儿们取名埃娃和阿苏塞纳[①]。因为他是个纯粹的男人。正是在埃娃出生的那一刻，我们俩意识到我们的爱已经是不可能的了。我记得有一次（我告诉你这件事是为了让你明白我和奥拉西奥的关系究竟好到了什么地步），索尼娅怀着埃娃已经快临产了，我们都在奥拉西奥的家里。妈妈也在，她来照顾索尼娅和她心爱的奥拉西奥。我们吃过晚饭，夜幕已经降临，我们四个人坐在沙发上，盖着同一床毯子，在看一部电影，四周一片漆黑，只有电视机的光亮。你可以想象吧？于是乎，我们俩在毯子下寻找彼此的手，当着她们的面，几乎把所有可以做的事都做了。我们就是那么地纯真，那么地危险。当然了，索尼娅什么也没察觉到，但我觉得妈妈察觉到了什么，因为尽管她昏昏欲睡，但却突然睁开眼睛，几乎尖叫着说道：'怎么了？你们在干什么？'奥拉西奥非常镇定地回答道：'睡吧，妈妈。'于是她闭上眼，叹了口气，再次入睡。我不会问你和加夫列尔是否相爱，我不想知道。现在的我不想知道任何关于爱情的事。但是，你瞧，妈妈的那个提问好似一记架子鼓独奏，对我们提出了警告：假如想让我们的爱永恒，那只会是场悲剧。'我们只能在精神上相爱。'奥拉

[①] 埃娃来自希伯来语，含"生命之源"之意；阿苏塞纳来自阿拉伯语，意为百合花，含"白色，纯洁"之意。

西奥说。他说妈妈和索尼娅迟早会发现我们的关系，到了那个时候，她们怎么办？孩子们怎么办？因为阿苏塞纳已经在索尼娅的肚子里了。因此，我们的爱再次成为柏拉图式的。甚至在他们离婚后依然是柏拉图式的，因为我们不想伤害妈妈，也不想伤害孩子们，因为奥拉西奥超级敏感，他宁愿自己痛苦，也不愿让他人受伤。我也一样。我们只在非常偶尔的情况下才见面，把彼此交付给激情，但频率却越来越低，当我们在家庭聚会碰面时，我们几乎不敢彼此对视，因为按照奥拉西奥的说法，妈妈从盖着毯子看电影那天晚上就开始怀疑我们了，她一刻也不停歇地监视着我们。因为妈妈是个巫婆，能够洞悉一切。但我们隔着距离依然疯狂且绝望地爱着彼此，在我看来，即便是死亡也无法终结我们的爱。"

"你把这一切都告诉了索尼娅？"

"对。我刚刚才跟她讲完。"

"她怎么说？"

"她只在最后才开口说话，说了许多谎话。她说奥拉西奥是个变态。"

"变态？"

"当然了，你还不明白吗？只有对男人反感的人才会把变态和纯真混淆在一起。我就是那么跟她说的，顺便也告诉她她并不懂得什么是爱，发生在她和奥拉西奥身上的事接下来也会发生在她和罗伯托身上。"

"爱？你真蠢啊！"索尼娅说，"奥拉西奥占了你的便宜，跟他占其他女孩子的便宜一样，当他厌倦了跟你做那些龌龊行为后，就用柏拉图式的爱情、妈妈的怀疑以及对孩子的伤害这样一个弥天大谎来敷衍你。他对孩子一点儿也不在乎！我打心底同情你。我一点儿也不同情奥拉西奥，但却很同情你。"

"同情？你同情我？你瞧，我的导火线马上就要被引爆了。就算去死我也不会用你的生活来换我的生活。你知道你是什么吗？一个顺从命运的人，一个失败者，一个从来没有——哪怕一秒钟也没有——爱上过危险的人。你从来都没拥有过理想，在你心里连一滴诗意也没有。你从没听见过战士落在尘土上的泪珠。但我听见过。我至少是带着战斗的伤痕死去，而你却只不过是个机器人，跟你的洋娃娃一样。你才真的让我感到同情不已。"

"你听好了，"索尼娅说，"我不想再得知关于你的任何消息。从今天起。无论发生任何事，你都永远不要再打电话给我。"

"啊，你不想？你当然会得知关于我的消息了！因为我们的道路将会在地狱交会。"

"到那个时候再说吧，但在那之前，我想让你知道一些关于奥拉西奥的事。你说你摘下了我的面具，对吧？那好，现在则由我来摘下奥拉西奥的面具。那些事我从未告诉过任何人，出于羞愧，更是因为孩子们。但在听了你的这番话之后，再没有什么能够妨碍我把它讲出来了。恰恰相反，我必须把它讲出来，不仅仅告诉你，也要告诉奥萝拉和加夫列尔，尤其是妈妈，让她知道她逼我跟一个什么样的人结了婚，她最心爱最崇拜的奥拉西奥到底是个什么样的人。我顺便也会跟他们讲一讲你的事，让整个故事更加完美。"

"她跟你说了些什么？"

"谎话和诽谤。奥萝拉，你别相信她，她说的那些都是杜撰出来为自己开脱的。正因如此，我才一挂断索尼娅的电话就打给你，这样她就来不及打给你，跟你讲述她荒诞粗俗的故事了。"

的确如此，因为已经显示了三次有电话进来的信号，奥萝拉十分肯定那是索尼娅打来的。她感到非常疲倦，或许从来没那么疲倦过，连说出一个字的力气都没有。

"你还在吗，奥莉？"

"在……"

"你知道吗？我做同花顺就缺奥拉西奥那一张牌。"她继续说着，奥萝拉感到体内某个东西开始破裂，在那一刻她只想上床睡觉，陷入深邃的梦境，从而逃离现实的噩梦。

"你跟阿莉西亚在一起吗？"

"嗯……"

"也许你需要去照看她……"

"是的。"

"那我们明天再接着聊，好吗？"

奥萝拉觉得很好。手机还握在手中，她就闭上了双眼，任凭梦境用其声响的喧哗以及一系列轻盈的画面将她包围。她在那一刻感到自己也极具危险性。

14

奥萝拉记得，在阿莉西亚还未出生时，加夫列尔就已经开始对论文表现出厌倦，他的热情逐渐消退，并打心底质疑那个在几个月前显得如此崇高永恒的项目究竟有什么益处。奥萝拉几乎是在不自知的情况下学会了捕捉他热情衰退的信号。她记得加夫列尔在某天回到家时告诉她，论文导师建议他为一本非常重要的文化杂志撰写一系列文章，作为探究人类历史进程中的幸福这一庞大主题的前瞻。他兴奋极了。他们前往一间上等餐厅庆祝这个好消息，在整个晚餐和餐后闲谈的过程中，他一直不停地喝着葡萄酒，聊着那些文章，他毫不费劲地即刻想出了上千个可以扩展的主题，而且他还可以在保证内容的同时用有趣的文笔将它们写下来，他谈论着那些主题、那些文章，仿佛它们已经被写成、发表，甚至受到了学术界以及媒体的一致好评。"承诺去做一件事真好，"他说，"一个人，即便他的知识再卑微不过，也应该把自身的知识传授给他人，因为只有团结起来我们才能了解一切。"他在接下来的几天继续说啊，说啊，直到某个星期六的早上，他终于着手开始写作。

他把自己关在书房里几个小时都没出来。在那段时间里听不见任何声音。连咳嗽声、脚步声、椅子的晃动声或是偶然撞到物品的声响也听不见。什么声音也没有。当奥萝拉敲门叫他吃饭时，他严肃且心不在焉地出现在门口，仿若被困在眩晕之中。"怎么样？"她询问道。他说："不错，不错。"但就此打住。午睡后，他再次把自己关起来，在彻底的沉寂中一直工作到傍晚。他在走出书房时注意力依然集中在工作上，于是奥萝拉什么也没问。星期天，他天一亮就开始工作。整个上午都在祥和寂静中度过。奥萝拉在完成了一些家务活后，躺在沙发上看报纸。那时差不多已是春天，一个阳光明媚的早晨，只听见远处传来的车流声以及鸟儿的鸣叫声。可是在后来，快要晌午的时候，从加夫列尔的书房传来一阵她已十分熟悉的声音。那是加夫列尔清空了书籍文件后在书桌上用来玩足球比赛的小木球的声音。有时候木球会掉在地上，渐渐弹远，能立马听见加夫列尔追随它继而返回书桌的脚步声。奥萝拉从来没太在意过那个小孩子的游戏。她听见过很多次了。一个不可告人的癖好，一种放松大脑、减缓压力的方式罢了。

奥萝拉记得，当他开始写论文时，她在好几个月都没听见过那声音。但后来它又再次出现。一开始非常偶尔，时不时地

171

听见，随后频率越来越高。奥萝拉在不经意间开始把那项秘密的消遣活动跟加夫列尔的心情以及他对手头工作的热情程度联系起来。因此，当她在那个星期天的上午听见小球来回滚动的声音时，她知道某件糟糕的事就要发生，尤其是在过了好长时间游戏依然没有停下来的时候。"某件事不太顺利。也许是他写不出文章来，"她心想，"但最好别问他。最好是当作什么也没发生一样。"

事实上，那天下午的确什么也没发生，安安静静地，两个人做着自己的事，一个人在沙发上，另一个人在扶手椅里，面对着电视。但在第二天，她趁一个人在家的时候走进加夫列尔的书房，替他打扫房间，但同时也是受到了某种直觉的指引——她很快就找到了答案。在柜子里冬天衣服的后面有——也可以说是藏着——一个塑料袋，里面装满了写有文字的、破碎的、揉皱的纸张，仿佛一个艺术作品，想要用古老神话的现代版本来表现人类在不可能的面前毫无成果的劳作，及其带来的充满破坏性的暴力。奥萝拉畏惧地查看着那些纸张，并不是为了弄明白其中的内容，而是为了试图理解它们象征性的深度，纸上的文字几乎全都被画掉了，空白处涂满了随心所欲的几何图形，一些性爱画面，以及由杜撰出来的球员组成的足球阵型，她猜想那些球员从童年起就被他奉为传奇。

他在接下来的好几天再没提起过文章的事，直到奥萝拉决定主动询问他。"噢，文章，"加夫列尔说，"我都快忘了。"接着他以顺便一提的口吻，说那些文章根本不值得写，原因之一是写那些文章会导致他贱卖构思了这么多年的想法，更依赖于技巧而非严谨性。"不，不应该掉进触手可及的成功所设下的陷阱。既然要做点儿什么，既然决定了要在野蛮世界传授哲学，那我宁愿严肃对待，以我的方式、我的节奏来进行，即便没人阅读我写的东西。我将会继续写论文。"说到那儿，他再次讲述起那些一直以来指引着他生活的古老且心爱的原则。尽管他依旧忙着写论文，但奥萝拉却无法抑制地开始怀疑论文已经变成了他什么也不做的借口，因为他去见导师的频率越来越低，也从不跟她谈论写论文过程中的成就、期望与困难。在他将自己禁闭在书房的日子里，很难不听见小球的弹跳声以及他来回捡球的脚步声，他也许把从未对哲学投入过的热情和坚持都投入到了那项愚蠢的活动中。她再一次陷入了沉思，问自己加夫列尔到底是个什么样的人，她到底和一个什么样的男人结了婚，表面的他和本质的他究竟有什么不同。

奥萝拉答应了把卢梭的《爱弥儿》借给学校的一位同事，于是某天下午她走进加夫列尔的书房，在装着他那些专业书籍的柜子里寻找那本书，顺便替他整理整理那个小小的图书馆，有些书册被翻乱了，或是横躺在别的书上面，堆在地板或椅子上，等待着被放回原来的位置。其中有一本很厚的关于经院哲学的书籍，奥萝拉试图将折皱的书页整理好，却没想到整本书一下子散了架，落在地上的几页纸张竟然是从情色杂志上撕下来的，夹杂着用加夫列尔的笔迹写成的诗，零零散散的爱情诗歌，有的充满情欲，有的则是赤裸裸的淫秽，那些诗是写给三个分别叫作玛尔塔、努丽娅和比阿特丽斯的女人的。那些诗句是否优美，那些誓言是写给想象的还是真实的爱情，它们为什么会被夹在那些低俗廉价的杂志中，奥萝拉永远都不得而知。在其他一些戴着学术书籍的假面具的书里，她找到了漫画、科幻小说、侦探小说和西部小说。她害臊极了，把所有的书籍都归还到原初的混乱状态，像逃离犯罪现场一样离开了书房。

在她看来，加夫列尔是诗人这件事体现了他性格中的又一异常。从那一刻起，她就决定对她的不确定装聋作哑，听天由命，接受事物本身的模样。

然而，随着时间的流逝，过去那些零散的碎片逐渐在奥萝拉的回忆中自动拼凑成形。也许正因如此，在阿莉西亚被确诊时，奥萝拉并没有因为加夫列尔立即抛下论文而将自己彻底投入到痛苦之中而感到太过惊讶。不止如此：既然他的极度不幸需要他全身心地投入，于是他也放下阿莉西亚不管，完全投身于他的不幸之中，因为那已不再是阿莉西亚的不幸，而是他的不幸，那不幸让他无法采取任何行动。从某种角度而言，是不幸在保护他免受不幸的侵略，他用一种不幸来逃避另一种不幸，也顺便借此来抵制写论文的义务。他随即去见导师，细数他的不幸，并解释他的不幸如何导致他不得不在眼下——或许也是永远地（或许连活下去的意义也没有了）——放弃写论文的计划。由于奥萝拉申请了停薪留职在家里全职照顾阿莉西亚，他也觉得自己免除了做许多其他家务活的义务。奥萝拉送她去学校，接她放学，跟老师和心理师了解情况，然后带她去诊所，等待她，回到家后跟她聊天，陪她玩儿，帮助她完成作业以及治疗的练习，跟她唱歌，讲故事，夜晚陪在她的床边一直到她入睡为止。加夫列尔负责准备三个人的晚餐，洗碗，有时候去学校接她，或带她去公园，其他时间则全都留给他的不幸，有时独自一人，有时在某位哲学家或音乐家的陪伴下。他在那段时期爱上了（而且是多么痴迷啊！）肖邦的《夜曲》。"我所有的痛苦和悲伤，所有的难过，所有对世界的失望，都在那支乐曲里。"他告诉奥萝拉，并邀她一起聆听，从而一起减缓痛苦。不听音乐的时候，他会记起他那些古老且挚爱的哲学箴言，因为他从未像此刻那般深信过那些箴言，也从未在它们身上获得过如此多的慰藉。有时候，奥萝拉觉得他是在拿他的痛苦演戏。他整天整天地一句话也不说，沉浸在自我之中，或是在他的书房里，常常玩儿小球，大概是在给玛尔塔、努丽娅和比阿特丽斯（那些或许并非完全虚构的爱人们）写情色诗，或是一边开着电视一边捧着某本书（书里恐怕藏着一部廉价小说），戴着阅读用的眼镜，手里握着一支铅笔。

某天下午，他在看某部动作片的同时，再一次说起，我们不得不屈从于大自然的计划，与宿命做抗争是徒劳的。奥萝拉说："宿命？"她的声音有些刺耳，充满了挑战性，"宿命？你懂什么宿命？阿莉西亚遇到了点儿麻烦，仅此而已，她可以好起来的。她会好起来的。"她强调道，"我将负责来实现它！"

加夫列尔沉默了好一阵子，然后开始说话，仿佛站在很远的地方，声音缓慢且疲惫，但却满载着压抑的愤怒。他并没说阿莉西亚的病无法治愈，他只不过在谈论人类生存的总体原则，如果她想暗示他不关心阿莉西亚的健康，或是他事先就屈从了宿命，或是他不如她那般痛苦，那么她就大错特错了。说到那里，他提高了声调，勃然大怒起来，论述起感知不幸和面对不幸的不同方式，然而奥萝拉却带着一种加夫列尔从未见过的冷酷的目光，站起身来，走去另一个房间，留下他一个人尖叫着为自己辩解。

他们的关系就是从那时候开始变糟的。抵得上一则指控的沉默，偷瞄对方或故意避免对视，宣告着不屈的信念的坚定有力的脚步，被暴力对待的物品，敌对的尖叫和咒骂。也是在那个时期，加夫列尔开始经常出门，频率越来越高，常常在外面吃饭，很晚才回家，有时候非常晚，总是一副左摇右摆的笨拙模样，满口酒气。他忿忿地抱怨说，学校里有两个势不两立的帮派，两边的同事都鼓励他——几乎是强迫他——去竞选主任，以平息全体教员的不满。那即是他常常不在家的原因。奥萝拉带着中立的表情听他讲述。对于学校里卑劣的权力斗争，加夫列尔从来都持严厉批判的态度，那些斗争以最有说服力的方式在一块微缩模型上展现了人类本性的巨大悲哀。加夫列尔仿佛能够读懂她的心思，提前意识到了其中的矛盾，于是告诉奥萝拉，即便他一再推托，却依然不得不参加竞选，但那会是短期的、暂时性的，只不过是为了在选出一个双方都满意的候选人之前让纠纷平息下来。他原话就是那样说的，使用的语言是那么地官僚，奥萝拉觉得简直难以置信。不知道为什么，她非常确定加夫列尔在撒谎，并再一次想到了玛尔塔、努丽娅和比阿特丽斯，想到了那些情诗，但她是如此忙碌，根本没时间就那个直觉深思下去。

　　因为她不只忙于照顾阿莉西亚。学校允许她以半职状态上班，在不需要照顾阿莉西亚的时候去上几个小时的课。然而，除此之外，还有索尼娅和安德烈娅的一通通电话，有时候甚至还包括母亲的电话，每个人讲述各自的故事，几小时几小时地讲述她们永无止境的故事，每一则故事都充满了她听过上千次但却一而再再而三被她们重复的细节，每个人的版本相互矛盾，哪怕是再微不足道的情节从不同人的口中讲出来也绝对有不一样的地方，相互驳斥，互相诋毁，被赋予最繁琐复杂的评论，于是奥萝拉感到精疲力尽，仿佛置身于一场永远都无法醒来的噩梦之中。

　　就这样，一年又一年，她在每个月、每一天、任何一个钟头都会得悉她们生活中的每一个细节。她知道在安德烈娅找到工作时，有时候会住在小旅馆或租赁的寓所，但有些时候——即使在有工作的情况下——也会搬回母亲家跟她一起生活。安德烈娅与母亲之间的憎恶关系跟爱情非常相像，那种关系让她无法跟母亲生活在一起，但同时也需要她，于是每隔一段时间，她们会同居一阵子，直到关系恶化到叫人不堪忍受，安德烈娅才会郑重地摔门而去，每一次都仿佛是最后一次离开那般决绝。按照安德烈娅的说法，她搬回家里是为了照顾母亲，为了不让她感到孤独，仅此而已。因为她疯狂地爱着母亲，为了母亲而牺牲自我让她感到幸福。然而，母亲却说，她搬回来住并不是为了照顾她，她不需要任何人的照顾，而是因为住在家里安德烈娅的生活更方便，食宿免费，饭菜端到跟前，不需要做任何家务，尤其是还能顺便用老掉牙的故事来折磨她，说她在音乐和宗教方面的失败都要怪她，怪母亲，并随时随地地提起猫咪的事、母亲抛弃她的那一天、任她在某个冬夜离家出走、戒指的事、奥拉西奥、逼她去给老人洗屁股、让她辍学、对索尼娅一向的偏爱——更别提加夫列尔了——，把"伟大的彭塔波林"的画像扔进垃圾堆，从而指控她从未爱过她的丈夫。而她，安德烈娅，却是父亲的最爱，父亲称她为小公主，曾经带她去动物园，只有他们俩，他们骑了骆驼，还拍了照，那些都是母亲从不会跟她做的事，因为母亲永远都不可能去骑骆驼。说到那里，她讽刺地笑了起来，仅仅是想象母亲骑在骆驼身上的那个画面就让她感到滑稽不已，更别提跟安德烈娅——那个被唾弃、从来没被爱过的女儿—— 一起骑骆驼了。她从侮辱和指责的舞台上走下几个台阶，继续质问道，关于她羊毛味的汤、动物园的照片（毫无疑问是被她销毁了）、她的发髻、她的黑色手提箱、永远留给加夫列尔的面包尖、她病态的悲观主义、她完全缺乏幽默感和乐趣的性格，她又该如何解释呢？"她在这个世界最喜欢做的事就是让我痛苦。"母亲常常这样说道。

奥萝拉在很多年里聆听着安德烈娅对她吐露心声，她冗长的哀怨关乎的是一个永远都不会终结的过去。与此同时，她艰难地维系着生活，直到终于通过公务员考试进入了一间邮局工作，尽管她的生活向来都被音乐和爱情方面的挫败标上了记号，但她也终于得以将焦虑转移，通过生态主义、动物主义和自然主义那些类宗教的方式找到了一些平衡与安宁，当然也少不了音乐的帮助，她无与伦比的朋克金属乐，那是她最终的庇护所，抵御那些用沮丧破碎的梦来折磨她的孤独的幽灵们……

而索尼娅呢？奥萝拉也会及时获悉她的消息，哪怕是再小的事。离婚后，母亲让她回杂货店工作，不是为了她，为了索尼娅，而是为了埃娃和阿苏塞纳，索尼娅出于需求而接受了，在好几个月的时间里忍受着母亲的斥责，斥责她毁掉了与一个像奥拉西奥那么优秀、那么完美、那么有礼貌、那么绅士的男人一起生活的前途，当母亲的埋怨结束后，随之而来的是她的恳求："你为什么不给他打电话，跟他道歉，回到他的身边？""离开他你怎么可能会过得更好？""没瞧见孩子们需要父亲吗？""唉，要是你知道奥拉西奥为你受了多少苦，多么想要你回家!"恳求之后是奸猾的提问:"你不会是爱上其他人了吧?""你可以说说到底不喜欢奥拉西奥哪一点吗?""你们之间到底有什么矛盾,是无法通过交流来解决的?"而索尼娅什么也不说,一天又一天就那么过去了,因为她不敢告诉母亲她与奥拉西奥分开的真正原因,其中有羞耻的因素,但更是为了孩子们,为了不让她们得知她们的父亲到底是个什么样的人,直到某一天她再也无法忍受,在歇斯底里中彻底离开了母亲家。

"妈妈的确一直帮我照顾孩子,她们在妈妈家的时间几乎比在我家里的时间还要多,但我真的受不了妈妈。我讨厌她永远像在控诉一般的目光,她竖起的发髻好似在提醒我的过错,她坐着的方式,仿佛坐在诊所的接待室,或是在等待还要很久才会抵达的火车,还有她随时随地对物价的抱怨、对即将到来的不幸的抱怨以及对生活的折磨的抱怨。"

直到她最终凭借她的英文以及对旅行的热爱在一间旅行社谋得了工作,她的生活从而在一片平坦、单调、没有期望但也没有惊吓的地带得以滞留。"恶心的生活",她常常这样形容,因为尽管现在的她可以时不时地旅行,但她却失去了对别处的风景以及对语言的兴趣。奥萝拉听她讲述,只在安慰她、鼓励她、在为素来尖酸的叙述增添一点儿理智或幽默的时候才打断她。她也谈过几段短暂的恋爱,在热恋时期,她几乎每天都会打电话给奥萝拉,向她描述恋爱的每一幕,告诉她每一个细节、每一个征兆,他说了些什么,带着什么样的表情,穿什衣服，她怎么回答他，有什么好兆头，又有什么不好的兆头，就那样一年又一年，直到索尼娅决定再也不想谈恋爱，将她的感情生活彻底封锁起来。生活很恶心，爱情很恶心，家庭很恶心，旅行也很恶心，一切都很恶心。即便如此，她依然常常打电话给奥萝拉，向她重申她的观点，也越来越愤怒地在回忆里翻搅，因为她眼下的生活之所以变得如此荒芜是源自过去某些具体的情节，那些情节是如此具体，她甚至可以像跟孩子讲课那样用手指指着、清晰无误地把它们讲述出来。她就是那样跟奥萝拉讲述的，奥萝拉也是那样一天又一天地聆听着，看着窗外的雨水，看着太阳在午睡的死寂时光垂直落下，看着树木开花，看着落叶在风中飞舞。尽管什么也没发生，但人们却永远、永远都不会停止讲述，假如地狱真的存在，人们也会继续在那里几个世纪几个世纪地继续讲述下去，一而再再而三地给语言的玩具上发条，试图对世界加深一点儿理解，在生活的荒诞中摸索。也许在寻找某根弹簧，能够打开盲目的固执，像魔咒之于阿里巴巴的山洞一样，带我们发现包含着理性、光明以及事物确切的含义的伟大瑰宝……

然而，她的叙述从差不多一年前开始，改变了语调和色彩。事情往往就是那样。当她的生活看起来注定会孤独、缺乏爱情，但同时也屈从命运的安排，当她开始成为一个（用她自己的话来说）带有寡妇恶习的单身女人时，罗伯托突然出现了，希望也随之再次升起。"他来旅行社，因为他打算去肯尼亚，那几乎是全世界所有人藏在心底的关于非洲的梦想之一。第一眼看见他我就喜欢上了他，感到一种从未有过的感受，就在那一刻，我对自己说：'爱情真的存在，浪漫歌曲里唱的爱情并不是凭空编造出来的，它真的存在，过了这么多年才在此刻找到了它，一见钟情真的存在。'我感到一股巨大的欢乐，发自内心的欢乐，但同时也有些害怕，因为如果说爱情十分美好的话，它也有些可怕，它可能赋予你生命力，也可能将你杀死。就在那时，奇迹发生了，因为他跟我的感受一模一样。后来我得知他是心理咨询师，有一个儿子，也离了婚，但在那一刻，你听仔细了，奥萝莉塔，在那一刻，我对他的了解以及他对我的了解都比我们后来告诉彼此的要多，也比我们将在余生告诉彼此的要多。我们什么都知道，纵然我们当时只不过在谈论价格和优惠、票价、酒店和导游服务、蚊子和疾病，尽管我们也聊起了马赛马拉国家保护区、塞伦盖蒂国家公园和恩戈罗恩戈罗保护区，我觉得我们俩同时听见了狮子的咆哮、斑马的惊跑，因为在他说话的同时，我突然找回了儿时对旅行的全部憧憬，我在说话时容光焕发，我感觉到了，而他则用心理咨询师的蓝眼睛入迷地看着我。谁又会想到我们俩都不需要走出街区，在旅行社就能找到我们生命中的伟大旅程呢？而我跟你讲这件事，奥萝莉塔，你知道的，我不是个浪漫的人。我不知道你是否也曾有过类似的感受。"

奥萝拉不知道该说些什么，因为她的确不知道，而此刻，在回忆起那一刻时，她把那个念头支开了，因为她宁愿不知道答案。她也不想知道加夫列尔是否曾经对她有过类似的感受，或是对玛尔塔、努丽娅或比阿特丽斯，在现实中或是在梦里。顺便问一句，存在于想象中但却像真实的爱情那样被充分体验的爱情含有多少真实的成分？它又是怎么一回事？因为既然连妒忌都可以随意捏造，又为什么不能捏造其他东西呢？"我疯了吗？"她问自己，"难道我一直都有病，只不过是自己不知道罢了？"她想到阿莉西亚，在几乎触手可及的内疚面前，不禁全身颤抖。

她记得当加夫列尔开始以平息学校的纠纷为借口而常常不着家时，她开始想起玛尔塔、努丽娅和比阿特丽斯。她们不会是真正存在的情人吧？也许是同事，也许是学生。她想起在罗马度蜜月的那天晚上，想起加夫列尔暗中对独自享乐以及情色杂志的喜爱，于是跟在阿莉西亚面前一样，她也在加夫列尔的跟前感到内疚，因为也许是她不懂得如何取悦满足自己的丈夫，或许正因如此，正是受到了她的消极和忧郁的影响，加夫列尔才失去了在刚认识她时温柔、审慎且平和的性格。

可是后来，随着她逐渐深入他们的生活，她同样也站在了加夫列尔的对立面。他让奥萝拉感到愤怒，那是一种她从未体验过的愤怒，当愤怒平息下来，会转变为在沉闷中搏动的怨恨。那跟她带着怜悯和恐吓在索尼娅和安德烈娅身上看到过的是同一种怨恨。她想象加夫列尔追求年轻情人的景象。他会用当年引诱她的同一种方法引诱她们吗？用同样的演说、同样的口才、同样和谐且自信的模样？他会用手指肚转圆珠笔吗？她的怀疑愈发强烈，于是又召集起其他证据，让怀疑成为确凿的事实，比如那个小木球，那些情诗，吃饭时是否能够弄出声响，就她对艺术的看法过于肤浅的责备，想到这里时她停了下来，感到自己十分可怕。她不会也像索尼娅和安德烈娅那样，在对过去进行改编，根据怀疑、细节和想象而杜撰故事吧？她再次心想，那个藏在她内心的疯狂的种子是不是早已生根发芽。

从那时候起，她开始收集各种征兆和论据，来证实或反驳她的推测。恼怒壮起了她的胆子，侵犯他人隐私的快感让她激动，她一点儿也不害羞地翻查起加夫列尔的东西，在柜子和抽屉的深处，在衣物之间，在书籍的背后，在所有可以藏东西的地方。她找到了加夫列尔与陌生人的照片，其中不乏年轻女孩，她们的表情和姿态至少在奥萝拉看来很轻佻。她还找到了一盒情趣避孕套、一绺头发，以及一些被他用来模拟足球比赛的物品。而在同一个抽屉里，在一大堆废纸下面，她找到了那辆红色小汽车和塑料牛仔。加夫列尔曾告诉她自己在五六岁的时候就没再玩过那两个玩具了，它们应当早就被扔掉了，因为他再也没见过它们，但此刻那两个玩具看起来却保存完好，仿若极其珍贵的物品一般。她记起索尼娅和安德烈娅曾经告诉她加夫列尔一直到很大年龄还在玩儿小汽车和牛仔，甚至直到他已经当了哲学家，而加夫列尔则用那个无稽的谎言来证明姐姐们对他的憎恶。

她耐心且隐秘地发现加夫列尔确实还在玩儿小汽车和牛仔。她不知道该怎么看待这件事。不知道究竟应该原谅他，甚至被那个对纯真童年的致敬行为打动，还是应该把它当作具有决定性的证据来证明他的双重人格、隐藏的虚伪以及他人生中的所有谎言。

与此同时，加夫列尔（再一次地）放弃了竞选主任的计划——假如所谓的竞选主任并非谎言的话。在好长一段时间里，他被生活推着沉默孤僻地往前走，既没有找到什么转瞬即逝的热情，也没做出任何有益的事。

但伟大的发现则是在很多年后出自阿莉西亚之手。某天下午，她在地上玩耍，奥萝拉突然留意到一个奇怪的物品，它不属于阿莉西亚的世界，阿莉西亚玩儿得特别起劲。她看着那个物品，把它放在手心把玩，也许是在寻找它的用途或含义。奥萝拉跪在她的身边，跟她一起玩儿游戏。那是一枚戒指，一枚非常古老的戒指，很沉，上面镶着一颗精美的胭脂红大宝石。她问女儿是从哪儿找到这枚戒指的，阿莉西亚伸出手臂，随便指了个地方。是不是在爸爸的书房里找到的？阿莉西亚回答说是，并点头肯定。

奥萝拉的第一反应是拿着牛仔、小汽车、避孕套、情诗和戒指走到加夫列尔跟前，一句话也不说，向他展示这些物品，看着他的眼睛，两个人面对着面，在他们俩之间是缄默无声、无法上诉的证词，那些证词也在诉说着什么，诉说着加夫列尔或许可以对之做出解释的阴暗过去。可是不行，她觉得那样做太过残忍，那般的惩罚对于一个发生在很多年前的盗窃案而言太重了，再说小偷在当时不过是个孩子罢了。她不知道该如何处置那枚戒指，一开始她想把它扔掉，或是施舍给某个乞丐，但她也不想让那桩罪行就此逍遥法外，于是选择了一个折中方案，将它随意丢在了加夫列尔书房的某个角落。

"我不知道自己做得对不对。"她此刻心想，难过地看着孩子们画的嘉年华绘画，他们用线条和色彩绘出小小的梦想。也许最好是让溺水者浮起来，让他们终于能够在超度经和鲜花中得以安葬。因为自从发现了戒指后，奥萝拉就被囚禁在了家庭故事的蜘蛛网里面，当她意识到时，发现自己已经成了故事里的角色之一。在她照顾阿莉西亚时，在她上课和做家务时，在她聆听索尼娅和安德烈娅偶尔也聆听母亲时，她，奥萝拉，也在脑子里不停地思考着小汽车、牛仔、戒指、玛尔塔、努丽娅、比阿特丽斯、小木球、那一绺头发、情诗、漫画、在罗马的那一夜，以及其他一些东西，它们看似平淡无奇、荒谬可笑，却成了生活中真正的主角，成了有权有势、备受尊敬的主人，并拥有最终否定或授予幸福这一天馈赠的权力。

那些掌控着加夫列尔生活的怪诞主人们——也许是因为在找到戒指的那一刻他灵光一现，比他从柏拉图或康德那里获得的灵感更加强烈——想让他在某天烂醉如泥地回到家，满怀着内疚和悔恨，跟奥萝拉讲述，并非一场连贯的演说。而是一些愚蠢的言语，尽管那些言语真诚又感人（至少看起来如此），他甚至突然双膝跪在地上，在她面前低声下气地发誓并提前进行忏悔，说自己是多么糟糕，请求她的原谅，给他一次改过自新的机会，乞求一个未来，那个未来不再会有恋爱时的光芒，但却一定会满溢着安宁、责任、温柔和保护。与此同时也掺杂着各种隐喻：刺客和狩猎，大火燃烧的农场，通向深渊的疯狂赛车轮胎的吱嘎声，充满传奇色彩的进球，藏在腋下的38左轮手枪……他迷失在卑微的辩词中，但从某个角度而言却是真诚的。奥萝拉高高在上地再一次聆听他讲述，听他全新且谦逊的叙述，她接受并顺从了他，他们就那样商定了休战，回到了那些祥和的下午，阅读，看电视，回到了那种在不会致命的情况下有助于风平浪静地过日子的单调生活。

就是在那种情形下，在通向既没有危险也没有希望的未来的平坦大道上，某一天，加夫列尔（他是如此想要赎罪，如此渴望做出榜样，谋得和谐！不仅在奥萝拉面前，也在家人和所有人面前）带着想要为妈妈庆祝八十大寿的念头回到了家，他觉得那样能让全家所有人和解，让那些导致他们相互憎恨的微不足道的侮辱和误会就此一笔勾销。

"是的，也许妈妈说得对。"奥萝拉在聆听的同时想到，一个来自远方的直觉告诉她，也许灾难会被聚会的喧嚣所吸引，过不了多久就会赶赴命中注定的约会。

15

"哎，奥萝莉塔，到最后我跟所有人都闹翻了。"索尼娅说道。

"跟所有人？"奥萝拉问道。

"跟妈妈，跟安德烈娅，跟罗伯托，跟加夫列尔我不确定是不是也闹翻了，因为他想要组织那场该死的生日聚会。跟所有人。我恨他们。不想知道他们任何人的消息。"

"跟罗伯托也闹翻了？"奥萝拉非常震惊。

"是的。太可怕了。自从我在奥拉西奥和妈妈生日聚会的事情上骗了他，他发现我跟他撒谎，我们的关系就变了质。他不再信任我，我也不再信任自己，我们再也无法像从前那样自然地交谈了。我害怕自己又说错话，于是当他询问我关于奥拉西奥、关于我家和过去的事情时，我不敢再骗他，但也不敢完全实话实说，只能半真诚地作答，事情终归被搞砸，因为罗伯托很快就发现了我言辞中的矛盾，尽管他什么也没说，但他聆听以及沉默的方式将一切都显露无遗。他不再相信我，我们之间的某个东西已经破碎了，再也无法补救。我不太清楚，但我随即就对什么都无所谓了。奥萝莉塔，你瞧瞧，我觉得在这一点上我继承了妈妈的宿命论，在灾难来临之前，我就选择了认命。"

"你们就那样平白无故地闹翻了？"

"怎么说呢？闹翻了，也可以说没闹翻。罗伯托对我说：'索尼娅，我觉得我们应该整理整理各自的生活。我们冷静一段时间吧。'当一个男人这样对你说，你就会明白他实际想说的是什么。从那之后我们再没打过电话。没有。连短信都没发过。"

"真抱歉，索尼娅，我不知道该说什么。"

"你什么都不用说。况且……我不知道，所有的事都很奇怪。你瞧。我很痛苦，但同时我觉得真相也让我变得更坚强，至少让我冷静了下来。第二天，也就是昨天，我突然心血来潮地想要清理并摧毁一切，我首先告诉了安德烈娅，你已经知道了。我把关于奥拉西奥的真相全都告诉了她。接着我去看妈妈，跟她面对着面，也亲口把一切都告诉了她。我把自打洋娃娃被藏起来、被迫辍学以来就一直藏在我心里的毒药一并吐出来，就像人们所说的那样，她是为了让我穿上婚纱而夺走了我的芭比娃娃。当我离开妈妈家，你猜我做了什么？我去了罗伯托那里，也把一切——几乎是一切——都告诉了他。既然爱情是魔法，而且我们之间已经没有了魔法，那我就对什么都无所谓了。正因如此，我才打电话给你，因为你是唯一一个我还可以与之交谈的人，唯一一个理解我的人，也是唯一一个还没听我讲述那段历史的人。"

奥萝拉闭上眼睛，深深呼吸。如果可以选择，她宁愿不要听那段历史，她把沉默想象成一个言语无法抵达的坚不可摧的庇护所。但一切都是徒劳，因为索尼娅已经开始讲述，奥萝拉听着她的声音，就像通常聆听乞讨者的声音，他们在她耳边呢喃漫漫一生的冗长历史。

"……因为还在谈恋爱的时候他就对我说过：'结了婚以后，我们会非常纯真，就像生活在伊甸园一样，罪孽在那里还不存在。'我当时十四岁，非常孩子气，根本不明白奥拉西奥说的那番话是什么意思，然而，在我们结婚后，我立马就明白了。在新婚之夜，他给我上了一堂关于纯真的强化课程，从那一刻起，我的生活就变成了一场灾难。"

"你们去哪儿度的蜜月？"

"哪儿也没去。我以为他会带我去某个充满异域色彩的地方，加勒比，印度；至少算是嫁给他的好处吧。但他却对我说：'像孩子们那样用想象去旅行更美妙。在这里，在家里，我们什么都不缺。我们什么也不需要。这个家就是我们的天堂。而且，'他说，'小偷一直窥伺着我们，掌控着我们的一举一动，要是我们离开家，他们一旦瞧见我们拖着行李出门，就会溜进来把我们的宝贝全部偷走。'你相信我们从没旅行过吗？从没。甚至连在西班牙国内也没旅行过。也从来没离开过马德里。事实上，我是在离婚后才第一次看见大海的。于是，我们的新婚之夜跟后来的每一个夜晚一样，都是在家里度过的。你们去罗马度的蜜月，对吧？"

"是的。"

"真是命好。我们就没有。我们在新婚当天回到家，那个巨大且阴暗的公寓，一进家门，奥拉西奥就对我说：'首先，我们去洗澡。噢，更准确地说，是我给你洗澡，好吗？就像小时候爸爸给你洗澡那样。'当然，我拒绝了他。我说我已经十五岁了，可以自己洗澡，不需要其他人的帮助。'现在我是你的丈夫。'奥拉西奥非常严肃地说道。'那也没关系。''既然这样，我会强行给你洗澡，像对待叛逆的女孩子那样。'他玩笑般地说道，并试图拉我去洗澡。'看看这个坏女孩，竟然不想洗澡！'他重复着这句话，使劲拉我。我穿着婚纱，他穿着燕尾服，你想象一下那个画面。但在我的努力反抗下，他也拿我没办法。他站在洗手间门外，向我哀求道：'至少让我给你打肥皂吧，只是打肥皂。'并时不时用吃人魔的声音说道：'要是你不开门，我会把门砸开，吃光你的内脏。'尽管他是用开玩笑的语气说的，但我却开始感到害怕。但更让我害怕的是在那天晚上将会发生的事。那是我真正的恐惧。随后，他走开了，再也听不到他的声音。只听见家里空旷的沉寂。我在洗手间待了很长时间，当我终于打开门，看见地上整整齐齐地摆着一个系着礼品带的盒子。'给我的坏女孩'，卡片上写道。是一件色彩鲜艳的睡衣，印着动物儿童画。睡衣看起来非常可笑，我不好意思穿上它，但最终还是脱下了浴袍，把它穿在了身上，与此同时我问自己：'老天啊，到底在发生什么，这是怎么回事啊?！'要是有可能的话，我向你发誓，我会逃离那里，或是自杀，我也不知道自己会做出什么样的事情。"

"我非常明白你说的，"奥萝拉说，"当时的情况对你而言一定非常糟糕。况且你对生活一无所知。"

"对生活，也对其他任何事情一无所知。我甚至对男女之事也一无所知，只有些模模糊糊的直觉。在谈恋爱的时候，奥拉西奥提到我们将来会生两个孩子，那句话在我听来很抽象，不真实，跟我没什么关系。于是你可以想象那天晚上的我是什么模样。我走在过道里，一条冗长且阴暗的过道，穿着我的睡衣，在心里乞求上帝保佑我，不要让坏事发生在我的身上。客厅很暗，只看得见一束从半开着的卧室门溜出的光线。'是你吗?'我听见奥拉西奥的声音。'是我。'我用细微的声音回答他，站在黑暗中，不知道该做什么。'进来吧，孩子，来我这里，我们来玩游戏。'我走了进去，看见奥拉西奥，他已经坐在床上，穿着一件和我类似的睡衣，床罩上放着一个赛鹅棋的棋盘，等待着我一起玩儿游戏。"

"不会吧？！你们玩儿赛鹅棋？！"

"玩儿了一个多小时，每个人拿着各自的骰子筒和骰子，我的骰子两次跑出了棋盘，掉进床单的褶皱里，奥拉西奥对我说：'你因为笨手笨脚而失去了一次机会。'他时不时把骰子筒握在空中，对我说：'现在你是我的妻子，我是你的丈夫，明白吗？''明白。'我回答，'那么，现在我们有权做任何我们想做的事情了。明白吗？'我说：'明白。'然后我们继续玩儿游戏。过了一会儿，'现在你是我的，我是你的。我希望你能这样想。'他用食指指了指脑袋，'你仔细想想，那意味着什么。'随后又继续玩儿游戏。'孩子，你刷牙了吗？'我做出肯定的回答。'就应该这样。每天至少刷三次牙。'他在某一刻从床下拿出一个托盘，说道：'来，吃晚餐。'托盘上有各种各样的零食，软糖、烤玉米豆、瑞士糖、巧克力饼干、甘草糖，什么都有。'看到了吧？我们像孩子一样纯真，现在没人能训斥我们。是不是妙极了？现在的我们是自由的，是单纯的。'我们继续玩儿游戏，吃零食。接着，他说：'你会乖乖的吗？你会听话吗？'我用嘴和肩膀做了个模棱两可的表情。所有的一切都太奇怪了！我只想睡觉，只想去到另一个地方，只想从那一场梦中醒来，发现自己再次带着笔记本和教科书走在上学的路上。我应该是打了个呵欠，因为奥拉西奥问我是不是困了。'很困。''那我们睡觉吧。'他关了灯，我们俩钻进被单里，他开始轻轻地抚摸我，头发，脖子，后背，来来回回，同时用嗓音——只用嗓音——哼着摇篮曲，他的抚摸以及沙哑的摇篮曲是那么地令人放松，让我更加感到困乏，因为白天的婚礼令人疲惫不堪，而且也很晚了，我在入睡前记得的最后一件事是他在我耳畔窃窃道：'我给你抹点儿润肤露。'"

"没想到奥拉西奥是那么特别的一个男人。"

"用'特别'这个词太便宜他了。他体内存在着某个阴暗、可怕的东西，有些危险，并且邪恶，需要亲身体验，无法用言语描述。而那一切都藏在一个亲切慈祥、神父般的外表之下。我一点儿也不惊讶他能够骗过妈妈，骗过所有人，而且骗了那么长时间。在新婚之夜，我拥有了一次性了解奥拉西奥到底是个什么样的男人的机会。一开始我以为自己是在做梦，在做噩梦，直到我被痛醒，一种难以忍受的痛，我尖叫起来，不仅因为疼痛，也因为我不知道发生了什么，我被狠狠压住，动弹不得，那的确是个真真正正的噩梦。奥拉西奥赤裸着身子，也把我的衣服剥光了。我的脸朝下，他在我的身上，猛力抽动，像被围困起来的动物一样咆哮着喘息。我试着逃脱，但却根本不可能。我连动也动不了。他用所有的体重压着我，用双腿把我夹住。因为尽管奥拉西奥看起来体弱，一副病恹恹的模样，但力气却很大，脸被压在枕头里、无法呼吸的我根本没办法逃脱那股巨大的疼痛和令人难受的窒息。我越是挣扎，他就压得越紧，于是我终于不再抵抗，哭了起来。我一生中从来没感到过那么痛苦。'孩子，你为什么哭啊？'他对我说，依旧喘息着抽动。'是因为疼痛还是因为高兴，抑或两者兼具？'而那一点仿佛让他感到更加兴奋。"

"唉，索尼娅，你说的这些真是可怕极了。你的意思是他强暴了你。"

"他插入我全身所有的地方，整晚都不停歇。我已经不知道那到底是真实发生的，还是在做梦。我有时哭泣，有时睡着。有一次我醒来，感觉喘不过气，结果发现是他插入了我的嘴巴，让我感到窒息。对不起，奥萝莉塔，我原原本本地跟你讲述这一切，因为事情的经过就是如此。我只在给加夫列尔洗澡时看见过他的小鸡鸡，但从没见过男人的，更别提勃起的了。我连那是什么都不知道。他为了让我看得更加清楚，打开了床头灯，在我的面孔前来回挥舞。'孩子，你看，你看啊，是不是很神奇！你看我给你准备了多么美妙的玩具！'他对我说。我看着它，它非常大，大得有些不真实。而且，我觉得它很畸形，有些怪异，像一座驼峰，又像一个象人的头，我也说不清。因为事实上他的那根东西的确很大。并非因为我见多识广，但他的的确有些异常。他一只手揉搓我的脸，另一只手再次把它塞进我的嘴里，他塞得如此之深，让我干呕不止，把婚礼上吃的东西以及晚餐的零食全都吐了出来，我没被自己的呕吐物淹死真是个奇迹……"

"别再讲了，索尼娅，最好别再讲了。"奥萝拉哀求道。

"恰恰相反，我就要讲。我需要说出来。"

"你也是这样跟安德烈娅和妈妈讲述的？"

"差不多吧。我跟妈妈讲的细节还要更多。"

"她怎么说？"

"她像通常那样毫无表情地听我讲述，下巴高高抬起，薄薄的嘴唇紧闭着，发髻扎得很细致。我对她说，那是为了让她明白，他不只在那天晚上强暴了我，在后来三年多的时间也一直强暴我。因为那即是真相，最好是将真相揭露出来。被隐藏起来的真相会毒害灵魂。"

"安德烈娅呢？"

"噢，不，她觉得我在说谎。或者更准确地说，男人让我感到恶心。安德烈娅拥有她自己的世界，她是那个世界的主人和掌控者，那里除了她和奥拉西奥再也容不下其他人。"

"最糟糕的是，过去的噩梦依旧是噩梦。我们永远都不会从中醒来。"奥萝拉说。

"你说得对。生活仿佛是一出连贯的戏，不分章节，也没有中场休息。所有发生在很早以前的事继续发生在当下。至少在我身上是这样。生命中唯一的换行句号即是死亡。"

接下来是一阵长长的沉默。

"奥萝拉，你还在吗？"

"在……"

"你还好吗？"

"好，当然……"

"真的吗?"

"我有点儿累了。仅此而已。"

"我一点儿都不惊讶。生活真恶心。要是你不想听,我就不讲了,或者我们改天再说。"

"不,不,继续讲。因为讲出来你会好受一点儿。"

"我已经经历了生活的全部,唯一剩下的就是讲述它了。关于新婚之夜,已经全都讲完了,剩下的都是那个恐怖夜晚的不同版本。第二天,奥拉西奥在去玩具店工作前跟我说话,仿佛什么也没发生似的,非常有礼貌、谦恭地跟我说话,有点儿像海德先生刚变成杰基尔医生①的模样。他再次提到了纯真和伊甸园,说我们像孩子一样,自由自在,没有罪过,我们将会非常幸福。你知道他说什么吗?他说假如由纯真来统治世界,那么一切都将是合法的,甚至包括跟动物做爱。随后他出门前往商店。'你要乖哦。'他在离开前对我说,'好好照看家里,尤其是玩具和连环画,你有点儿笨手笨脚的,玩玩具或是看连环画的时候得十分小心,别把它们弄坏或是弄脏了,因为它们中的每一件都是独一无二、无法替代的。'他离开后,我不知道该做什么,是应该哭泣呢,是应该永远逃离那里呢,还是应该去找妈妈,向她诉苦。无论如何,我绝对不想再次经历昨天那样的夜晚。不然我出去散个步,好好想想吧,我对自己

---

① 海德先生和杰基尔医生是罗伯特·路易斯·史蒂文森名作《化身博士》(*Strange Case of Dr. Jekyll and Mr. Hyde*)中的主人公。

说。在穿戴打扮好以后，我所做的第一件事是找一点儿钱，但却什么也没找到。什么也没有，连家里常见的装硬币的小碗或小篮子也没有。更糟糕的在后面，当我想要出门时，发现门被闩上了，根本打不开。由于奥拉西奥害怕小偷，大门上装了许多道锁，所有的锁都被锁上了，我找了半天也没找到钥匙。我感到糟糕透了，因为我只剩下哭泣这个选项了。'到底发生了什么？发生了什么？'我问自己，在家里发了疯似的走来走去。于是我想到了最简单的办法，打电话给奥拉西奥，问他钥匙和钱在哪里。'你要钱做什么？'他问我。'我不知道，'我对他说，'出门总得带点儿钱吧。''你打算去哪儿？''哪儿也不去，就出门散散步。'奥拉西奥哈哈大笑了起来，说道：'可是，孩子啊，你被监禁了起来，又怎么可以出门呢？''被监禁？''那当然了，'他说，'就像你在赛鹅棋里被关进监狱或掉到井里一样。现在你被监禁起来了，不能出门。这是游戏的规则。'唉，奥萝莉塔！那时候的我是如此地幼稚，如此地天真，我感到自己是如此地缺乏防备，不知道该说什么。'过一会儿我就回来解救你。'奥拉西奥说。是的，在接近中午十二点的时候，我听见门锁弹奏的音乐会，还有他吃人魔一般的声音，他模仿得很好，在走廊里呼唤我：'我闻到了鲜肉的味道！女孩在哪里？我要把她活活生吞！'那时的我已经完全相信他会把我吃掉。就像公鸡吃母鸡一样。我在厨房里，在看有什么可以吃的，顺便提一句，厨房里有许许多多的罐头食品，几百个罐头，很多

198

巧克力，各种各样的饼干，冰激凌，大量的零食……于是他就在那儿将我捉住，并插入我的身体。他把我举在半空中，靠着冰箱粗暴地抽插我，狠狠地撞击，冰柜里的东西有节奏地发出声音和回响。"

"我从未想到过奥拉西奥会是一个……我不知道该怎么形容，某种精神病态者。"奥萝拉说道。

"精神病态和变态。那三年非常可怕。假如要讲述的话，永远都讲不完。他永远都无法得以满足。在任何时间，任何地点。无论是出于善意还是恶意。他很难不在夜晚将我从睡梦中惊醒，压在我的身上，用双腿禁锢住我。从来都带着他那甜蜜的声音，谈论着伊甸园和纯真。我记得有一天他带着一个刚面世的玩具回到家，一把会发出哒哒哒哒声响的冲锋枪，在射击时会发亮，他悄悄地走进屋子，并且还戴着蓝波①的面具，打了我个措手不及，吓了我一大跳。'我要杀死你！'他尖叫道，并追着我满屋子跑。'去死吧！开战！去死吧！'他大声尖叫，直到把我逼到墙角，对我说：'你已经死了，死了！'就在那里，他连面具也没摘下，依旧嚷嚷着死亡和战争，继续拿着冲锋枪射击，把我强奸了不知道多少遍。假如我做出反抗，那会让事情更加糟糕，因为反抗会让他变得更粗暴，他甚至鼓励我：'反抗啊，孩子，反抗啊，这可是战争的游戏啊！'说到

---

① 蓝波是《第一滴血》系列中的虚构角色。

战争和灾难，我想起他常说：'打开电视看看新闻，看看全世界发生了什么事。'而他所期待的是坏事的发生，灾难、谋杀、绑架、战争、车祸，因为那些事让他兴奋，他一手拿着电视遥控器，一边跟我做爱，让画面冻结，或是倒回去，又或者在其他频道寻找肉体的画面。啊！他也喜欢角色扮演。'想象你是我妹妹。'他对我说。或者我是我母亲，或是他的女儿。或者我是修女，他是神父。或者我死了，我们俩在停尸房里。或者他，奥拉西奥，并非我的丈夫，而是我的情人，一个我喜欢的人，或是我曾经喜欢过的人，从而给他——奥拉西奥——戴了绿帽子，他不断质问我，直到为他的幻想找到某个合适的人选……"

"你应当一开始就拒绝跟他生活，索尼娅。你应当去警察局报案。"

"你说得对，奥萝拉，但那些事我都是后来才知道的，那时候什么也不懂。我以为夫妻之间差不多都是那样的。况且我很怕奥拉西奥。真正地恐惧。他有时候看着我……我不知道，就那样侧脸看着我，像黑手党一样，盯着我好一阵子，然后对我说，比如他会说：'你没有瞒着我什么吗？'即便我回答说没有，他提问的方式也会让对我撒谎的怀疑悬浮在空中。或者他会毫无缘故地对我说：'你得小心一点儿'，或是'你千万别想着做蠢事'。听起来令人难以置信，我当时的确是带着害怕犯错的恐惧在生活，怀揣着假想的内疚。我记得某天他在床上把我的衣服剥光，注视了我好长一段时间，最终说道：'一个裸体的女人就好像一个被揭穿了的魔术。'然后他轻蔑地把睡衣扔给我。'穿上吧，好了，穿上吧。'他对我说，仿佛十分同情我似的。"

"他不让你出门吗？"

"他几乎从不让我一个人出门。他说家里有幸福生活所需要的一切，而街上则充斥着危险。而且，我必须待在家里，因为按照他的说法，会有包裹或是挂号信送来，一定得当天签收。永远都有一封即将送抵的紧急信件。的确如此，信件最终会送上门，但那是因为他自己给自己寄信。从另一方面而言，他带不带我出门、让不让我独自出门（比如去电影院或买东西）、给不给我钱，都取决于我的表现。如果我表现不好，他会惩罚我，尽管他从来都不曾明确指出过这一点。"

"什么？他还惩罚你？"

"是的，当我对他的怪癖做出反抗，或是没按照他喜欢的方式行事时。比如，有一次，他对我说：'我可以告诉你一个秘密吗？''好吧。'我对他说。'秘密就是我很想看你拉屎。我想看你拉的屎。好了，孩子，别不听话，让我看看，别扫了你丈夫的兴。'我对他说不，绝对不行，我骂他恶心。'你是我的妻子。'他说，并讲起伊甸园和纯真，讲起罪孽并不存在，那不过是神父和政治家为了奴役我们而编造出来的。由于我依然反对，他在第二天命令我待在家里，因为邮递员会来。那一天又变成了很多天，按照他的意愿持续下去。而且他还惩罚我不准看电视。他取下了电视机的某个零件，让我看不了电视。他并没有明说是在惩罚我，但我心里很清楚。有时候——那简直是最糟糕的情形——我根本不知道自己是否在受罚。我必须得自行揣测。"

"你成天在家里都做些什么呢？"

"学英语、读书、听广播，我很无聊、哭泣、睡觉……"

"家务活呢？"

"他对此无所谓。我们吃罐头，或者他会带熟食回来，从来都是比萨或汉堡，一个他信得过的女人一周会来家里打扫一次。是一个上了年纪的女人，从不说话，我对她一无所知，连她的名字也不知道。我甚至怀疑她是个聋子，或是智障，因为每当我跟她说话时，她都会迷惑地看着我，仿佛我说的是外语似的。"

"你从没想过把这一切都告诉妈妈吗？"

"我跟妈妈向来都不太亲近，更别提跟她讲这种事了。况且，她会对我说些什么呢？妈妈从来都觉得我们女人生来就是为了受苦的。从另一方面而言，她也不会相信我说的。在她看来，奥拉西奥是全世界最优秀、最有教养的男人。他们几乎每天都会聊天，要么是打电话，要么是奥拉西奥去看她，奥拉西奥对妈妈十分体贴周到。他给她礼物，家里要是有什么需要代办的手续或是什么东西坏了，他都会负责搞定，要是妈妈需要去看病，他会陪着她，同时也帮助她分担开销，向来都对她关怀备至。我们星期天会去妈妈家吃午饭，或是带她去餐厅吃饭，你一定得瞧瞧他们俩是怎样对视的，他们的目光是多么有礼貌，多么彼此尊重，看着奥拉西奥那副模样，他的举止，他的言行，谁又会想到他是个恶霸、是个变态呢？我跟妈妈交谈很少，但她总是趁机跟我苦口婆心，要我听奥拉西奥的话，感激所拥有的一切，温柔殷勤地待他，永远不跟他作对。因此，假如我跟她提起奥拉西奥糟糕的一面，她是肯定不会相信我的。况且，当我昨天告诉她时，我十分肯定她根本不相信我所说的。相反，她会觉得那都是我为了报复、为了让她难受而编造出来的谎言。事实上，就连奥拉西奥本人也会在我反对他的时候对我说：'我会告诉妈妈。我会告诉她你是个坏女孩、坏妻子、坏女儿。'你也就可以想象，他们俩在背后会怎样谈论我。"

"你不过是个孩子罢了，"奥萝拉说，"我不知道你怎么能够忍耐那么长时间。"

"那正是其中的原因：因为我是个孩子。也因为我很快怀上了埃娃。在我怀孕五六个月的时候，他对我说：'你一个人待在家里不好。我打算叫多丽塔搬来跟我们一起住，这样她就可以在孕期陪着你、照顾你。'多丽塔是玩具店的店员。那里有一个老男人和六个年轻女人，多丽塔是其中最年轻的一个，比我还要年轻。她很瘦小，一副憔悴天真的模样，更准确地说是愚蠢。她总是半张着嘴，仿佛永远都处于惊愕状态似的。我第一眼看见她，就明白了。我很少去玩具店，但在我第一次走进店里，一看到她如何在瞧见我时垂下目光，同时脸颊红得像西红柿一样，我就立马明白了她跟奥拉西奥有一腿。他多半是在商店后面的小房间跟她做爱，跟我去店里的那四五回一样，我猜也跟和安德烈娅一样，我不知道他是否还跟别的店员做过同样的事。但我并不在乎那一点，也不在乎他是否去找鸡或是鸭子，因为我知道他是双性恋，常常去妓院；恰恰相反，他越是在外面寻欢作乐，在家里就会越少来烦我。总之，他把多丽塔带回了家。跟称呼我一样，他也叫她'孩子'，当我们俩同时在场时，他把我们叫作'我的孩子们'。多丽塔好像那些受尽虐待的狗一样，对什么都害怕，甚至连爱抚也害怕，因为她对谁也不信任，也不相信自己配得上任何东西。无论我如何想要跟她交好，都是徒劳。你问她问题，她要么以托词回答，要么做出惊愕的样子，仿佛听不懂问题似的。随便什么都会把她吓到，她像个幽灵一样成天在家里晃来晃去。奥拉西奥在那套巨大的公寓里为她准备了一个房间，公寓暗藏着如此多的角落，我觉得自己从未了解过它的全貌。在那个迷宫中，我们仨好似牛头怪①和两个童女。因此，我对多丽塔了解甚少。当我们俩在一起时，她不敢直视我，只暗地里偷偷看我。某一次，

---

① 希腊神话中半人半牛的怪物，住在地下迷宫中，以犯人和进贡的童男童女为食。

我逮住她正盯着我看，问她：'多丽塔，你看什么呢？'她羞红了脸，低下头，说道：'夫人，您真美。'那句话打动了我，我对她说她也很有魅力，因为尽管她并不漂亮，但却有一种源自天真和年龄的魅力，也源自她幼稚悲哀的气质，她身上有一种我说不上来的神秘东西。她非常瘦小，像只小蜥蜴，总是一副心不在焉的样子，谁知道她迷失在什么样的幻想或回忆中呢。她时不时地吸吸鼻涕，如此单纯质朴。'你想看电视吗？''想玩儿十字戏棋吗？''你想吃点儿东西吗？'我问她，而多丽塔的回答永远都是：'夫人，我听您的。'她从不会称呼我的名字，也不会主动开启任何话题。我只知道她十五岁，在玩具店当了一年学徒，是个孤儿，跟远亲住在一起。'奥拉西奥待你好吗？'我有一次问她，她变得非常紧张，一边回答一边晃动着全身，谁知道她想说什么呢……可怜的多丽塔！我从没见过比她更害怕、更无助的女孩。"

"当奥拉西奥在家的时候呢？"

"你完全可以想象。他当着她的面爱抚我（并非完全出自无意的爱抚），也在我面前抚摸她。那只是开始。'我们得相亲相爱，'他说，'爱是唯一的上帝。'当我们仨一起坐在沙发上看电视时，他坐在中间，有时会把手放在我们的肩上，让我们靠在他的胸膛。'唉，我的孩子们，我可怜又漂亮的孩子们！'他常常这样说。到了晚上，他当然会去她的房间。我为多丽塔感到难过，因为我对他做任何事都一点儿也不在乎了。真希望他厌倦了我，让我安宁安宁！我经常这样想。但他却从不厌倦。不厌倦我，也不厌倦多丽塔。他从一张床爬到另一张床，永远不知疲乏地跟我们做爱，做尽所有可以想象得到的龌龊行为。"

"你没跟他聊过吗？至少让他知道你对正在发生的事一清二楚。"

"没有，跟他谈这些的目的是什么？他会跟我讲伊甸园和纯真的故事，而且我也跟你说过了，我对他做什么事都毫无所谓了。你瞧瞧，我无所谓到了什么地步。某天晚上我醒过来，发现多丽塔在我们的床上。我们三个人躺在床上，都赤裸着身子，因为我伸出一只手来确定自己是不是在做梦。你猜我做了什么？什么也没做。因为我太疲惫了，并非因那一晚而疲惫，而是因为跟奥拉西奥生活的每一个日日夜夜而疲惫。除了肚子里的孩子，其他的一切我都无所谓了。于是，我唯一所做的即是找到我的睡衣，穿上衣服。我醒着跟他们一起躺了一会儿，看着天花板上荧光闪闪的星星，心想着我的生活是多么奇怪，我是多么不幸，问自己这是不是我唯一的宿命，永远跟奥拉西奥住在那个屋子里，生孩子，老去，惊恐地回忆起年少时光，我梦想着要读书、学外语、周游世界的时光，那时的我像鸟儿一样自由。接着，我从床上起身，抓起一床毯子，走到客厅里去睡觉。奥拉西奥试着劝我留在床上，三个人一起睡觉，他说过去都是那样的，在纯真的年代，罪过还不存在的时候，我们需要跟他人分享爱。但我拒绝了他，我的回绝应当是非常坚定，非常言简意赅，以至于他愤怒得脸色发白，只对我说道：'你真坏。你是个坏孩子，早晚要为之付出代价的。'从那晚起，我睡沙发，他睡床上，多丽塔睡在她的房间。尽管如此，即便我已经快要生了，他也没有哪一个夜晚没来沙发行使他做丈夫的权利。"

"你跟妈妈讲了那些事情后她真的什么也没说吗？"

"什么也没说。她像狮身人面像一样听我讲述，她的灵魂只被嘴角一阵没能控制住的紧张的抽搐显露了出来。我继续跟她讲述埃娃出生后的情景，多丽塔继续留在家里当保姆。'是啊，多丽塔，'我对她说，'那个深受你称赞的女孩，并不是因为她有多么优秀——因为她并不具备优秀的品质——，而是因为她是奥拉西奥为我挑选的，让她来照顾我，像对待夫人一样待我，你对我说：你瞧瞧，跟奥拉西奥结婚是多么有福气啊。'就像我跟妈妈讲述的那样，我也继续跟你讲述，我生完孩子后依然睡沙发，多丽塔有时候会跟奥拉西奥一起睡在床上，我能听见他们在夜里的动静。在埃娃之后，阿苏塞纳也出生了，尽管我已经决定了要离开奥拉西奥，我之所以还没采取行动是为了孩子们，只是因为她们，其他的我都无所谓了。直到有一天我瞧见奥拉西奥和多丽塔在给孩子们洗澡，奥拉西奥把他勃起的器官展示在孩子们的眼前，仿佛那是浴缸里众多玩具里的一个。"

"他当真做出那样的事？"奥萝拉的声音有些嘶哑。

"是的，他的确做出了那样的事，我就是在那一刻突然变成了一个真正的女人，一个成年人，变成了自己的主人，拥有了明确的想法，清楚明白自己在世界上的位置。我把孩子们从浴缸里抱出来，给她们擦干身子，穿上衣服，然后我走到奥拉西奥的跟前，对他说：'要是再让我看到你跟孩子们玩儿，我会杀死你。'我朝他伸出一把我在经过厨房时想也没想就拿起的大刀，仿佛是我的手自主决定了它的职责似的。我威胁着要告发他，也在那一刻，我向他提出了离婚。在接下来的几天里，发生了一系列充满暴力的场景，有威胁，有和解的企图，也有承诺，多丽塔在某一刻突然歇斯底里发作，我像电影里演的那样扇了她一记耳光，命令她立即离开屋子。"

"她走了吗？"奥萝拉问道。

"当然走了。她抓起仅有的几件破衣服，缩着身子哭泣着走下了楼梯。"

"奥拉西奥呢？"

"他跟我对峙。他站在我面前，愤怒地颤抖，又或许是出于恐惧，再一次对我说道：'你真坏。你很坏……'但我没让他说完那句话。我用尽全身力气狠狠打了他一记耳光，我被自己体内的力量震惊了。我的力量是如此之大，为了确认那一点，我又打了他一记耳光，奥拉西奥在第一记耳光后做出难以置信的表情，但在第二记耳光后他的目光变得柔软，像被挠了痒痒的婴儿那样微笑。'再打，再打我啊！我活该。求求你，请你尽情地打我吧！'他激动地喃喃道。"

"你又打了他吗？"

"应该是打了。我有很多账要跟他清算，突然之间，我从第一眼见他时所产生的全部憎恶和恶心都爆发了出来。我扇他耳光，狠狠踢打，他向后退缩，我紧追不放，我也不知道是怎么回事，突然看见自己手里握着一根类似鞭子的东西，奥拉西奥在地上，屈辱地跪着，裸露着身躯，抬起后背，恳求我用力抽他，毫不留情地鞭打他，报复他对我犯下的所有罪行，他不停地鼓励我，让我狠狠惩罚他。鞭子的一端有几颗小钢球，我竭尽全力地抽打他，我骂他龌龊、变态、病态、混蛋，不停抽打，更用力、更愤怒地抽打他，然而我却突然发现那个狗娘养的竟然一边用淫荡的声音哀求我更用力地鞭打他、继续侮辱他，一边在自慰，况且当时他整个后背都布满了血流不止的伤口。"

"你说的这些真是让人难以置信。孩子们呢？没在家里吗？"

"她们在幼儿园。从那时候起，我一刻也不离开她们，没过几天，我们仨就搬去了妈妈家。那就是故事的全部，奥萝莉塔。我还可以跟你讲很多，以后我会慢慢跟你讲述的，但这些已经足以让你了解我和奥拉西奥的婚姻是怎么一回事了。"

"你什么也没告诉妈妈吗？当她问你为什么分手时，你是怎么跟她说的？"

"她根本没问过我。妈妈相信奥拉西奥的说法，也就是说我很任性，满脑子奇思异想，只想着读书、旅行和出门，家里什么也不管，十分幼稚，也缺乏牺牲精神，叛逆且不懂得感恩，受不了多丽塔，嫉妒多丽塔，以为他跟多丽塔有一腿，最糟糕的是我很爱撒谎，喜欢杜撰关于他的荒谬又可怕的谎言，纯粹是出于憎恶、出于报复。那正是妈妈想要听的话，因为她认为我的确很记仇，报复心很重，不只对奥拉西奥，对她也是如此。于是他们俩一起为我定制了那套礼服，编造出一个无法反驳的故事。正因如此，我很快就离开了杂货店，因为我受不了成天听妈妈无休止的指责，况且她还随时随地地称赞奥拉西奥对我是多么有耐心，为我受了多少苦，并且还在继续为我受苦。"

奥萝拉叹了口气，不知道该说些什么。她再也找不到鼓励或安慰的话语。

"你因此可以想象我昨天跟妈妈讲述奥拉西奥的真实故事时是多么地愤怒，又是多么地愉悦了。她什么也没说。她一直都保持着僵硬且难以捉摸的表情，只在最后抽搐了一下嘴角，能看出来是某个东西在翻搅她的灵魂。是疑惑，它已经开始腐蚀她的良心了。"

"你是怎么跟她告别的？"

"讲完后，我站起身来，对她说：'那就是你的圣奥拉西奥，那些就是他带来的奇迹。现在你可以打电话给他，看看他会跟你编出什么样的谎言，你又会跟他说些什么，你们俩会杜撰出什么样的故事，让我最终成为坏人，而你们俩则是好人。说到我，你明白你需要为我生活的失败负多大的责任。'然后我就离开了。"

"好吧，至少最后你全都告诉了她。这样你终于可以把那个负担给卸下来了。"

"是啊。但我也感到有些空虚。我不知道究竟应不应该把事情都讲出来。我不知道。也许有些故事是不能讲出来的，有些过去的事最好能永远都属于过去。"

"那很难说，但生米已经煮成熟饭，已经过去了。现在你只需要继续往前看。你知道这一切最让我感到难过的是什么吗？是罗伯托。你是那么地满怀希望，你们俩是那么地幸福……"

"你看到了吧，都是因为那个该死的聚会。生活很恶心。现在怎么办？我的生活该怎么办？我活得很累。我看向未来，却什么也看不见，只看到一片虚无，逐渐消失在薄雾之中。我的生活是多么荒谬啊！"

"你别这么说，索尼娅，等着瞧吧，你会遇见某个东西的。总是能遇见某个东西，某个能够让你恢复对生活的热情的好动机。"

"你瞧，失恋的人为了忘却痛苦常常会去旅行。我已经受不了在旅行社接待他们了。他们一走进门我就能把他们辨识出来。你明白吗？也许我也会，"她在声音中加入了一丝嘲弄的语调，"会去走圣地亚哥朝圣之路。走完后，我或许会买一条狗。"

她们俩一起笑了起来。

"奥萝莉塔，你真好。我们某天应该见个面，我会跟你讲更多关于我的事。你不知道跟你聊天是多么让我放松！我爱你。给阿莉西亚一个吻。"

16

因此，奥萝拉也有故事可讲。一则直到今天都一直在冬眠的故事，等待着外界的刺激，一阵突然刮起的微风，让炭火再次燃烧起来，直到最终变成一堆篝火。此刻的她已经确凿地相信，故事并不单纯，并非完全单纯，话语并非那么容易地就能随风飘走。并不是那样。所有的言语，一旦被说出来，就再也无法收回，只有死亡才能实现彻底的遗忘，才能获得沉默，随之而来的，即是永远的和平。

今天是星期四。加夫列尔在六天前提出了给妈妈举办生日会的想法。在那场聚会中，所有人都可以原谅且弥补他们的过错，过去的侮辱和错误都终将被赦免。但奥萝拉却失去了对时间的概念，她感觉这六天仿若永恒那么漫长，好似安德烈娅被母亲抛弃的那几分钟——那几分钟对安德烈娅而言却像几年那么漫长，它是如此漫长，从某种意义而言，她的母亲至今依旧没有回来，也永远不会回来了。那些都是故事、印象、推断和梦境，它们一旦被言语具象化，就会变得真实，随着时间的流逝，它们会对所有的论证都刀枪不入。某天，她忘了是出于什么缘由，对安德烈娅说："那就是现实。"安德烈娅回答道："如果是那样，那么现实就是谎言。"也许她说得没错。很有意思，奥萝拉心想，因为被遗忘摧毁的东西，有时候会被记忆重建，用想象和怀念所提供的新消息加以巩固，于是就会造成这样的悖论：遗忘越是彻底，回忆也就会越是丰满、越是充满了细节。

那些都是游荡在奥萝拉脑袋里的零星的想法，它们为她的面孔布上了一朵疲惫的乌云。她在某一刻试图追随并弄清楚那些关于回忆的海市蜃楼的模糊感受，但仅仅是关于那项如此艰巨、如此难以完成的任务的念头就让她打了一个呵欠——她切身感受到了那个呵欠。"我太累了，"她心想，"是回忆让我无法休息。"她看着孩子们画的黄色的太阳。生活真美好。"太过、太过美好了。"她听见街上传来一声孩子的喊叫。"阿莉西亚！"她心想。自身以及他人的回忆再一次像从地狱插图里爬出来的动物一样对她展开攻击和折磨。但就在那一刻，一个声音突然将她带回了现实："奥萝拉女士，已经八点了。"校工从半敞开的门外说道。八点了！怎么这么晚了！奥萝拉收拾好东西，穿上大衣，拿起手机时惊讶地发现手机已经关机了。应该是在跟加夫列尔通过话后无意关的机，或者是被双手睿智的本能关掉的，现在她明白为什么手机在这么长时间都没响过了。不，并非是聚会的取消终止了故事，并非是大家都不再需要讲述了。恰恰相反，因为屏幕上出现了十几条短信、邮件和未接来电。"很快，很快又会响起来。"她闭上眼睛，感到那已成为一种人身威胁。接着，她最后看了一眼教室，关上了灯。"晚安，奥萝拉女士。""晚安。"

外面下着细冷的小雨。奥萝拉拉拢大衣，不慌不忙地走向公交车站。街上很荒凉。只有几个疾步前行的轮廓，很快便消失在阴影里。在她的周围，是路灯投在湿漉漉的地面上的倒影，汽车偶尔发出的光束，以及窗口的灯光：城市夜晚慵懒的光照。当她走到某个屋檐下，停下了脚步，从包里拿出一条手帕，绕过脑袋，在下巴处打了个结。就在那一刻，手机响了起来。铃声听起来很愤怒，让奥萝拉想起母亲提着手提箱带着威胁性走近的脚步声。那脚步声一年又一年地在全家人的记忆中回响。是加夫列尔，他——兴许也很愤怒地——在电话的另一头等待。奥萝拉不想回家，不想迫不得已地讲述、微笑、解释和聆听，接着还得查看和聆听每一条信息，接听或回拨电话，再次聆听这则永不结束的故事中每个人物的私房话，聆听每一个情节的不同版本，聆听所有的细枝末节，而且还得做出评论、理解、开导、指引、安慰、赋予同情、表露欣喜、对付沉默、提出建议和希望……仅仅是想到那些就已经让她感到疲惫不已，感到无能为力，她拖欠了许多睡眠，仿佛很多年没闭上过眼睛。雨很细，却一直下着。为了消磨时间，或许也是出于好奇，因为我们被故事俘获，有时甚至离开它们而无法生活，抑或也是因为她感到了宿命急迫的召唤，她决定聆听手机里的信息。

加夫列尔告诉她，现在开始，一切都将会不一样，他终于明白了生活的精髓，他非常爱她，比以往任何时候都要更爱她，恰恰是在现在，在徒劳地寻找了那么长时间智慧之后，终于开始变得有些智慧，一点点儿智慧。"我会详细跟你解释的。况且，我还为你和阿莉西亚准备了一个惊喜，一个美妙的惊喜，等你回家我就会告诉你，你等着瞧吧。"在另一则语音信息中，他让她猜猜惊喜是什么，尽管他很确定，她是怎么猜也猜不中的。

索尼娅用激动的嗓音告诉她罗伯托给她打了电话，他们决定再给彼此一个机会，也许还会一起去走圣地亚哥朝圣之路。"但我不确定自己是否想要跟罗伯托和好。我得先跟他谈谈。我们有很多东西需要好好谈一谈。因为我整理了一番回忆，也发现了一些关于他的事情、细节和评论，我想要弄清楚……此刻我开始意识到也许罗伯托跟我以为的那个人并非完全一致。因此，我有很多话跟你讲。告诉我你什么时候有空，我们可以见面，好好聊一聊。唉，奥萝莉塔，我是多么想见你，多么想跟你聊天啊！"

安德烈娅给她打了三通电话，而且还发了一封邮件。她说她跟奥拉西奥聊过了，奥拉西奥把事情的来龙去脉都跟她解释清楚了，甚至连奥拉西奥也想亲自跟她——跟奥萝拉——谈谈，亲自跟她讲述，把所有细节都当面跟她讲清楚。"如果要谈论真相，那么就把所有的真相都说出来吧。索尼娅永远都不可能跟男人一起生活，因为男人让她恶心。为什么？因为索尼娅事实上是个同性恋，是的，你没听错，一个被压抑的同性恋，她因为不愿意承认、也不愿意坦白自己的性取向而编造出所有那些令人难以置信且荒谬至极的故事。更有甚者——这一点是奥拉西奥告诉我的，因为他很清楚——索尼娅偷偷地爱着多丽塔，那一点可以解释所有的事。我会把整件事全都告诉你。"接着她说起了自己，说起她是如何被所有人一起撕碎的，说起她已经被彻底吞噬。"我已经不抱任何期待了。"她在另一通电话里说道，"甚至连永生都不想了。我已经永生过一次，一次就够了。事实上，我毫不介意再自杀一次。"

还有一条来自母亲的信息，简短且伤心，几乎是带着哭腔的喃喃："奥萝拉，我的孩子啊，所有人都像抛弃一条狗一样把我抛弃了。我只剩下你了，因为我已经不知道该如何看待奥拉西奥了。你一有空就赶紧给我打电话吧。"在挂断之前，有一阵漫长且颤抖的沉默。

她最后听的是一条来自奥拉西奥的信息。他的声音里充满了最郑重的尊严："奥萝拉，我非常急迫地需要跟你谈一谈。你是全家最好的人，也是最理智的人，我需要让你了解索尼娅的真实面目。我沉默了这么多年，是她逼我在此刻让她的秘密曝光。为了我的荣誉，也为了孩子们的名声。对了，多丽塔也想跟你谈谈。求求你，一有空就给我回个电话吧。谢谢你了，给你一个拥抱。"

还有一些信息，但她打算稍后再聆听或查看，也许明天吧，此刻她想起本应给明天的早餐买牛奶和面包的，在想到明天——更确切地说是星期五——时，她在未来无情的逼近面前感到一阵眩晕，但与此同时，同一个未来急迫的召唤让她不得不在雨中继续前行，因为未来就在那里，在她此刻前行的那个方向，她蜷缩在大衣里，步伐的迫切让她突然感到荒谬可笑。那么迫切是为了什么？你是要迟到了呢，还是要赶不上火车了？然而，对未来盲目的直觉却推着她大步往前走。她来到一条宽敞明亮的街道，街上的人还想继续派对，有些人穿着嘉年华的衣着，其中一些人的装扮是那么地滑稽，让奥萝拉忍不住想要问他们："喂！未来是从这儿走吗？"她感到自己灵敏、轻盈，仿佛突然被洞察力吹起的微风悬浮在空中。此刻的她的确已经远离现实的棱角所带来的危害了。"难道我疯了吗？"她心想。她在交通灯前停下脚步，尽管亮着绿灯。可是问题在于，现在她已经不着急了。未来已经奇迹般地不再带着威胁催促她了，也不再将她压得喘不过气来。相反，未来突然以某个祥和恬静的庇护所的姿态出现在她的面前。为她卸下重担和内疚，邀她在行走中放慢脚步的同一个洞察力，也告诉她应该在哪一刻最后一次朝着它——热情友好的未来——加快脚步。"我感到自己极具危险性。"她心想。接着，她听见发亮的轰响急速沿着街道向她靠近，越来越近，直到在她对自己说出"现在!"的那一刻，她毅然朝着生活的彼岸奔去，在那里等待着她的是永生的沉默。